纵浪大化中，不喜亦不惧。

应尽便须尽，无复独多虑。

季羡林　著

人生
最好的状态，
是自在自为

中国致公出版社

目录

第一章
生命中最难的阶段是
不懂自己

每一个人都有一个"我",二者亲密无间,
因为实际上是一个东西。
按理说,人对自己的"我"应该是十分了解的;
然而,事实上却不尽然。
依我看,大部分人是不了解自己的,
都是自视过高的。

第二章
最盛大的富有，
在于内心的丰盈

在当今信息爆炸的时代中，我们必须及时得到信息。
只有这样，人才能潇洒地生活下去，
否则将适得其反。
信息怎样得到呢？
看能得到信息，听也能得到信息，
而读书仍然是重要的信息源，
所以非读书不可。

第三章

糊涂一点，潇洒一点

古人说："文武之道，一张一弛。"
有张无弛不行，有弛无张也不行。
张弛结合，斯乃正道。
提倡糊涂一点，潇洒一点，
正是为了达到这个目的的。

第四章

悲喜俱有，才是完整的人生

中国古话说："尽人事而听天命。"

首先必须"尽人事"，

否则馅儿饼决不会自己从天上落到你嘴里来。

但又必须"听天命"。

人世间，波诡云谲，因果错综。

只有能做到"尽人事而听天命"，

一个人才能永远保持心情的平衡。

第五章

知命亦不惧，
自为常自新

我觉得，每一个人的一生都是一场拼搏。

人的降生，都是被动的，并非出于个人愿望。

既然来到人间，就必须活下去。

然而，活下去却并不容易，

包括旧时代的皇帝在内，

馅儿饼并不从天上自动掉到你的嘴里来，

你必须去拼搏。

这是一个人生存的首要任务。

第六章

人间秀丽，
自在欢喜

我真觉得，
大自然特别可爱，
生命特别可爱，人类特别可爱，
一切有生无生之物特别可爱，
祖国特别可爱，宇宙万物无有不可爱者。
欢喜充满了三千大千世界。

第一章　生命中最难的阶段是不懂自己

每一个人都有一个"我"，二者亲密无间，

因为实际上是一个东西。

按理说，人对自己的"我"应该是十分了解的；

然而，事实上却不尽然。

依我看，大部分人是不了解自己的，

都是自视过高的。

我写我

> 我经常像鲁迅先生说的那样剖析自己。然而结果并不美妙，我剖析得有点过了头，我的自知之明过了头，有时候真感到自己一无是处。

我写我，真是一个绝妙的题目；但是，我的文章却不一定妙，甚至很不妙。

每一个人都有一个"我"，二者亲密无间，因为实际上是一个东西。按理说，人对自己的"我"应该是十分了解的；然而，事实上却不尽然。依我看，大部分人是不了解自己的，都是自视过高的。这在人类历史上竟成了一个哲学上的大问题。否则古希腊哲人发出狮子吼"要认识你自己"岂不成了一句空话吗？

我认为，我是认识自己的，换句话说，是有点自知之明的。我经常像鲁迅先生说的那样剖析自己。然而结果并不美妙，我剖析得有点过了头，我的自知之明过了头，有时候真感到自己一无是处。

这表现在什么地方呢？

拿写文章做一个例子。专就学术文章而言，我并不认为"文章是自己的好"。我真正满意的学术论文并不多。反而别人的学术文章，包括一些青年后辈的文章在内，我觉得是好的。为什么会出现这种心情呢？我还没得到答案。

再谈文学作品。在中学时候，虽然小伙伴们曾赠我一个"诗人"的绰号，实际上我没有认真写过诗。至于散文，则是写的，而且已经写了六十多年。加起来也有七八十万字了。然而自己真正满意的也屈指可数。在另一方面，别人的散文就真正觉得好的也十分有限。这又是什么原因呢？我也还没得到答案。

在品行的好坏方面，我有自己的看法。什么叫好？什么又叫坏？我不通伦理学，没有深邃的理论，我只能讲几句大白话。我认为，只替自己着想，只考虑个人利益，就是坏。反之能替别人着想，考虑别人的利益，就是好。为自己着想和为别人着想，后者能超过一半，他就是好人。低于一半，则是不好的人；低得过多，则是坏人。

拿这个尺度来衡量一下自己，我只能承认自己是一个好人。我尽管有不少的私心杂念，但是总起来看，我考虑别人的利益还是多于一半的。至于说真话与说谎，这当然也是衡量品行的一个标准。我说过不少谎话，因为非此则不能生存。但是我还是敢于讲真话的。我的真话总是大大地超过谎话。因此我是一个好人。

我这样一个自命为好人的人，生活情趣怎样呢？我是一个感情充沛的人，也是兴趣不老少的人。然而事实上生活了八十年以后，到头来自己都感到自己枯燥乏味，干干巴巴，好像是一棵枯树，只有树干和树枝，而没有一朵鲜花，一片绿叶。自己搞的所谓学问，别人称之为"天书"。自己写的一些专门的学术著作，别人视之为神秘。年届耄耋，过去也曾有过一些幻想，想在生活方面改弦更张，减少一点枯燥，增添一点滋润，在枯枝粗干上开出一点鲜花，长上一点绿叶；然而直到今天，仍然是忙忙碌碌，有时候整天连轴转，"为他人做嫁裳"，而且退休无日，路穷有期，可叹亦复可笑！

我这一生，同别人差不多，阳关大道，独木小桥，都走过跨过。坎坎坷坷，弯弯曲曲，一路走了过来。我不能不承认，我运气不错，所得到的成功，所获得的虚名，都有点名不副实。在另一方面，我的倒霉也有非常人所可得者。皮肉之苦也是永世难忘的。

现在，我的人生之旅快到终点了。我常常回忆八十年来的历程，感慨万端。我曾问过自己一个问题：如果真有那么一个造物主，要加恩于我，让我下一辈子还转生为人，我是不是还走今生走的这一条路？经过了一些思虑，我的回答是：还要走这一条路。但是有一个附带条件：让我的脸皮厚一些，让我的心黑一点，让我考虑自己的利益多一点，让我自知之明少一点。

1992年11月16日

反躬自省

> 一般的情况是，人们往往把自己的才能、学问、道德、成就等评估过高，永远是自我感觉良好。这对自己是不利的，对社会也是有害的。许多人事纠纷和社会矛盾由此而生。

我想从认识自我谈起。

每一个人都有一个自我，自我当然离自己最近，应该最容易认识。事实证明正相反，自我最不容易认识。所以古希腊人才发出了Know thyself的惊呼。一般的情况是，人们往往把自己的才能、学问、道德、成就等评估过高，永远是自我感觉良好。这对自己是不利的，对社会也是有害的。许多人事纠纷和社会矛盾由此而生。

不管我自己有多少缺点与不足之处，但是认识自己，我是颇能做到一些的。我经常剖析自己。想回答"自己究竟是一个什么样的人”这样一个问题。我自信能够客观地实事求是地进行分析的。我认为，自己决不是什么天才，决不是什么奇材异能之士，自己只不过是一个中不溜丢的人；但也不能说是蠢材。我说不出，自己在哪一方面有什么特别的天赋。绘画和音乐我都喜欢，但都没有天赋。在中学读书时，在课堂上偷偷地给老师画像，我的同桌同学比我画得更像老师，我不得不心服。我羡慕许多同学都能拿出一手儿来，唯独我什么也拿不出。

我想在这里谈一谈我对天才的看法。在世界和中国历史上，确实有过天才；我都没能够碰到。但是，在古代，在现代，在中国，在外国，自命天才的人却层出不穷。我也曾遇到不少这样的人。他们那一副自命不凡的天才相，令人不敢向迩。别人嗤之以鼻，而这些“天才”则巍然不动，挥斥激扬，乐不可支。此种人物列入《儒林外史》是再合适不过的。我除了敬佩他们的脸皮厚之外，无话可说。我常常想，天才往往是偏才。他们大脑里一切产生智慧或灵感的构件集中在某一个点上，别的地方一概不管，这一点就是他的天才之所在。天才有时候同疯狂融在一起，画家梵高就是一个好例子。

在伦理道德方面，我的基础也不雄厚和巩固。我决没有现在社会上认为的那样好，那样清高。在这方面，我有我的一套“理论”。我认为，人从动物群体中脱颖而出，变成了人。除了人的本质外，动物的本质也还保留了不少。一切生物的本能，即所谓“性”，都是一样的，即一要生存，二要温饱，三要发展。在这条路上，倘有障碍，必将本能地下死力排除之。根据我的观察，生物还有争胜或求胜的本能，总想压倒别的东西，一枝独秀。这种本能人当然也有。我们常讲，在世界上，争来争去，不外名利两件事。名是为了满足求胜的本能，而利则是为了满足求生。二者联系密切，相辅相成，成为人类的公害，谁也铲除不掉。古今中外的圣人贤人们都尽过力量，而所获只能说是有限。

至于我自己，一般人的印象是，我比较淡泊名利。其实这只是一个假象，我名利之心兼而有之。只因我的环境对我有大裨益，所以才造成了这一个假象。我在四十多岁时，一个中国知识分子当时所能追求的最高荣誉，我已经全部拿到手。在学术上是中国科学院学部委员，即后来的院士。在教育界是一级教授。在政治上是全国政协委员。学术和教育我已经爬到了百尺竿头，再往上就没有什么阶梯了。我难道还想登天做神仙吗？因此，以后几十年的提升提级活动我都无权参加，只是领导而已。假如我当时是一个二级教授——在大学中这已经不低了，我一定会渴望再爬上一级的。不过，我在这里必须补充几句。即使我想再往上爬，我决不会奔走、钻营、吹牛、拍马，只问目的，不择手段。那不是我的作风，我一辈子没有干过。

写到这里，就跟一个比较抽象的理论问题挂上了钩：什么叫好人？什么叫坏人？什么叫好？什么叫坏？我没有看过伦理教科书，不知道其中有没有这样的定义。我自己悟出了一套看法，当然是极端粗浅的，甚至是原始的。我认为，一个人一生要处理好三个关系：天人关系，也就是人与大自然的关系；人人关系，也就是社会关系；个人思想和感情中矛盾和平衡的关系。处理好了，人类就能够进步，社会就能够发展。好人与坏人的问题属于社会关系。因此，我在这里专门谈社会关系，其他两个就不说了。

正确处理人与人的关系，主要是处理利害关系。每个人都有自己的利益，都关心自己的利益。而这种利益又常常会同别人有矛盾的。有了你的利益，就没有我的利益。你的利益多了，我的就会减少。怎样解决这个矛盾就成了芸芸众生最棘手的问题。

人类毕竟是有思想能思维的动物。在这种极端错综复杂的利益矛盾中，他们绝大部分人都能有分析评判的能力。至于哲学家所说的良知和良能，我说不清楚。人们能够分清是非善恶，自己处理好问题。在这里无非是有两种态度，既考虑自己的利益，为自己着想，也考虑别人的利益，为别人着想。极少数人只考虑自己的利益，而又以残暴的手段攫取别人的利益者，是害群之马，国家必绳之以法，以保证社会的安定团结。

这也是衡量一个人好坏的基础。地球上没有天堂乐园，也没有小说中所说的"君子国"。对一般人民的道德水平不要提出过高的要求。一个人除了为自己着想外，能为别人着想的水平达到百分之六十，他就算是一个好人。水平越高，当然越好。那样高的水平恐怕只有少数人能达到了。

大概由于我水平太低，我不大敢同意"毫不利己，专门利人"这种提法，一个"毫不"，再加上一个"专门"，把话说得满到不能再满的程度。试问天下人有几个人能做到。提这个口号的人怎样呢？这种口号只能吓唬人，叫人望而却步，决起不到提高人们道德水平的作用。

至于我自己，我是一个谨小慎微、性格内向的人。考虑问题有时候细入毫发。我考虑别人的利益，为别人着想，我自认能达到百分之六十。我只能把自己划归好人一类。我过去犯过许多错误，伤害了一些人。但那决不是有意为之，是为我的水平低修养不够所支配的。在这里，我还必须再做一下老王，自我吹嘘一番。在大是大非问题前面，我会一反谨小慎微的本性，挺身而出，完全不计个人利害。我觉得，这是我身上的亮点，颇值得骄傲的。总之，我给自己的评价是：一个平平常常的好人，但不是一个不讲原则的滥好人。

现在我想重点谈一谈对自己当前处境的反思。

我生长在鲁西北贫困地区一个僻远的小村庄里。晚年，一个幼年时的伙伴对我说："你们家连贫农都够不上！"在家六年，几乎不知肉味，平常吃的是红高粱饼子，白馒头只有大奶奶给吃过。没有钱买盐，只能从盐碱地里挖土煮水腌咸菜。母亲一字不识，一辈子季赵氏，连个名都没有捞上。

我现在一闭眼就看到一个小男孩，在夏天里浑身上下一丝不挂，滚在黄土地里，然后跳入浑浊的小河里去冲洗。再滚，再冲；再冲，再滚。

"难道这就是我吗？"

"不错，这就是你！"

六岁那年，我从那个小村庄里走出去，走向通都大邑，一走就走了将近九十年。我走过阳关大道，也跨过独木小桥。有时候歪打正着，有时候也正打歪着。坎坎坷坷，跌跌撞撞，磕磕碰碰，推推搔搔，云里，雾里。不知不觉就走到了现在的九十二岁，超过古稀之年二十多岁了。岂不大可喜哉！又岂不大可惧哉！我仿佛大梦初觉一样，糊里糊涂地成为一位名人。现在正住在三〇一医院雍容华贵的高干病房里。同我九十年前出发时的情况相比，只有李后主的"天上人间"四个字差堪比拟于万一。我不大相信这是真的。

我在上面曾经说到，名利之心，人皆有之。我这样一个平凡的人，有了点名，感到高兴，是人之常情。我只想说一句，我确实没有为了出名而去钻营。我经常说，我少无大志，中无大志，老也无大志。这都是实情。能够有点小名小利，自己也就满足了。可是现在的情况却不是这样子。已经有了几本传记，听说还有人正在写作。至于单篇的文章数量更大。其中说的当然都是好话，当然免不了大量溢美之词。别人写的传记和文章，我基本上都不看。我感谢作者，他们都是一片好心。我经常说，我没有那样好，那是对我的鞭策和鼓励。

我感到惭愧。

常言道，"人怕出名猪怕壮"，一点小小的虚名竟能给我招来这样的麻烦，不身历其境者是不能理解的。麻烦是错综复杂的，我自己也理不出个头绪来。我现在，想到什么就写点什么，绝对是写不全的。首先是出席会议。有些会议同我关系实在不大，但却又非出席不行，据说这涉及会议的规格。在这一顶大帽子下面，我只能勉为其难了。其次是接待来访者，只这一项就头绪万端。老朋友的来访，什么时候都会给我带来欢悦，不在此列。我讲的是陌生人的来访，学校领导在我的大门上贴出布告：谢绝访问。但大多数人却熟视无睹，置之不理，照样大声敲门。外地来的人，其中多半是青年人，不远千里，为了某一些原因，要求见我。如见不到，他们能在门外荷塘旁等上几个小时，甚至住在校外旅店里，每天来我家附近一次。他们来的目的多种多样；但是大体上以想上北大为最多。他们慕北大之名；可惜考试未能及格。他们错认我有无穷无尽的能力和权力，能帮助自己。另外想到北京找工作也有，想找我签个名照张相的也有。这种事情说也说不完。我家里的人告诉他们我不在家。于是我就不敢在临街的屋子里抬头，当然更不敢出门，我成了"囚徒"。其次是来信。我每天都会收到陌生人的几封信。也多与求学有关。有极少数的男女大孩子向我诉说思想感情方面的一些问题和困惑。据他们自己说，这些事连自己的父母都没有告诉。我读了真正是万分感动，遍体温暖。我有何德何能，竟能让纯真无邪的大孩子如此信任！据说，外面传说，我每信必复。我最初确实有这样的愿望。但是，时间和精力都有限。只好让李玉洁女士承担写回信的任务。这个任务成了德国人口中常说的"硬核桃"。其次是寄来的稿子，要我"评阅"，提意见，写序言，甚至推荐出版。其中有洋洋数十万言之作。我哪里有能力有时间读这些原稿呢？有时候往旁边一放，为新来的信件所覆盖。过了不知多少时候，原作者来信催还原稿。这却使我作了难。"只在此室中，书深不知处"了。如果原作者只有这么一本原稿，那我的罪孽可就大了。其次是要求写字的人多，求我的"墨宝"，有的是楼台名称，有的是展览会的会名，有的是书名，有的是题词，总之是花样很多。一提"墨宝"，我就汗颜。小时候确实练过字。但是，一入大学，就再没有练过书法，以后长期居住在国外，连笔墨都看不见，何来"墨宝"。现在，到了老年，忽然变成了"书法家"，竟还有人把我的"书法"拿到书展上去示众，我自己都觉得可笑！有比较老实的人，暗示给我：他们所求的不过"季羡林"三个字。这样一来，我的心反而平静了一点，下定决心：你不怕丑，我就敢写。其次是广播电台、电视台，还有一些什么台，以及一些报纸杂志编辑部的录像采访。这使我最感到麻烦。我也会说一些谎话的；但我的本性是有时嘴上没遮掩，有时说溜了嘴，在过去，你还能耍点无赖，硬不承认。今天他们人人手里都有录音机，"君子一言，驷马难追"，同他们订君子协定，答应删掉；但是，多数是原封不动，和盘端出，让你哭笑不得。上面的这一段诉苦已经够长的了，但是还远远不够，苦再诉下去，也了无意义，就此打住。

我虽然有这样多麻烦，但我并没有被麻烦压倒。我照常我行我素，做自己的工作。我一向关心国内外的学术动态。我不厌其烦地鼓励我的学生阅读国内外与自己研究工作有关的学术刊物。一般是浏览，重点必须细读。为学贵在创新。如果连国内外的新都不知道，你的新何从创起？我自己很难到大图书馆看杂志了。幸而承蒙许多学术刊物的主编不弃，定期寄赠。我才得以拜读，了解了不少当前学术研究的情况和结果，不致闭目塞听。我自己的研究工作仍然照常进行。遗憾的是，许多多年来就想研究的大题目，曾经积累过一些材料，现在拿起来一看，顿时想到自己的年龄，只能像玄奘当年那样，叹一口气说："自量气力，不复办此。"

对当前学术研究的情况，我也有自己的一套看法，仍然是顿悟式地得来的。我觉得，在过去，人文社会科学学者在进行科研工作时，最费时间的工作是搜集资料，往往穷年累月，还难以获得多大成果。现在电子计算机光盘一旦被发明，大部分古籍都已收入。不费吹灰之力，就能涸泽而渔。过去最繁重的工作成为最轻松的了。有人可能掉以轻心，我却有我的忧虑。将来的文章由于资料丰满可能越来越长，而疏漏则可能越来越多。光盘不可能把所有的文献都吸引进去，而且考古发掘还会不时有新的文献呈现出来。这些文献有时候比已有的文献还更重要，万万不能忽视的。好多人都承认，现在学术界急功近利浮躁之风已经有所抬头，剽窃就是其中最显著的表现，这应该引起人们的戒心。我在这里抄一段朱子的话，献给大家。朱子说："圣贤言语，一步是一步。近来一种议论，只是跳踯。初则两三步做一步，甚则十数步做一步，又甚则千百步做一步。所以学之者皆颠狂。"（《朱子语类》124）愿与大家共勉力戒之。

论压力

> 我的"三不主义"的第三条是"不嘀
> 咕"，我认为：能做到遇事不嘀咕，就能排
> 除自己制造成的压力。

《参考消息》今年7月3日以半版的篇幅介绍了外国学者关于压力的说法。我也正考虑这个问题，因缘和合，不免唠叨上几句。

什么叫"压力"？上述文章中说："压力是精神与身体对内在与外在事件的生理与心理反应。"下面还列了几种特性，今略。我一向认为，定义这玩意儿，除在自然科学上可能确切外，在人文社会科学上则是办不到的。上述定义我看也就行了。

是不是每一个人都有压力呢？我认为，是的。我们常说，人生就是一场拼搏，没有压力，哪来的拼搏？佛家说，生、老、病、死、苦，苦也就是压力。过去的国王、皇帝，近代外国的独裁者，无法无天，为所欲为，看上去似乎一点压力都没有。然而他们却

战战兢兢，时时如临大敌，担心边患，担心宫廷政变，担心被毒害被刺杀。他们是世界上最孤独的人，压力比任何人都大。大资本家钱太多了，担心股市升降，房地产价波动，等等。至于吾辈平民老百姓，"家家有一本难念的经"，这些都是压力，谁能躲得开呢？

压力是好事还是坏事？我认为是好事。从大处来看，现在全球环境污染，生态平衡破坏，臭氧层出洞，人口爆炸，新疾病丛生等，人们感觉到了，这当然就是压力，然而压出来的却是增强忧患意识，增强防范措施，这难道不是天大的好事吗？对一般人来说，法律和其他一切合理的规章制度，都是压力。然而这些压力何等好啊！没有它，社会将会陷入混乱，人类将无法生存。这个道理极其简单明了，一说就懂。我举自己作一个例子。我不是一个没有名利思想的人——我怀疑真有这种人，过去由于一些我曾经说过的原因，表面上看起来，我似乎是淡泊名利，其实那多半是假象。但是，到了今天，我已至望九之年，名利对我已经没有什么用，用不着再争名于朝，争利于市，这方面的压力没有了。但是却来了另一方面的压力，主要来自电台采访和报刊以及友人约写文章。这对我形成颇大的压力。以写文章而论，有的我实在不愿意写；可是碍于面子，不得不应。应就是压力。于是"拨冗"苦思，往往能写出有点新意的文章。对我来说，这就是压力的好处。

压力如何排除呢？粗略来分类，压力来源可能有两类：一被动，一主动。天灾人祸，意外事件，属于被动，这种压力，无法预测，只有泰然处之，切不可杞人忧天。主动的来源于自身，自己能有所作为。我的"三不主义"的第三条是"不嘀咕"，我认为：能做到遇事不嘀咕，就能排除自己制造成的压力。

1998年7月8日

寂寞

> 一切都给寂寞吞噬了，寂寞凝定在墙上挂的相片上，凝定在屋角的蜘蛛网上，凝定在镜子里我自己的影子上……
>
> 一切都真的给寂寞吞噬了吗？不，还有我自己。

寂寞像大毒蛇，盘住了我整个的心，我自己也奇怪：几天前喧腾的笑声现在还萦绕在耳际，我竟然给寂寞克服了吗？

但是，克服了，是真的，奇怪又有什么用呢？笑声虽然萦绕在耳际，早已恍如梦中的追忆了，我只有一颗心，空虚寂寞的心被安放在一个长方形的小屋里。我看四壁，四壁冰冷像石板，书架上一行行排列着的书，都像一行行的石块，床上棉被和大衣的折纹也都变成雕刻家手下的作品了，死寂，一切死寂，更死寂的却是我的心，——我到了庞培（Pompaii）了么？不，我自己证明没有，隔了窗子，我还可以看见袅动的烟缕，虽然还在袅动，但是又是怎样地微弱呢，——我到了西敏斯大寺（Westminster Abbey）了么？我自己又证明没有，我看不到阴森的长廊，看不到诗人的墓圹，我只是被装在一个长方形的小屋里，四周圈着冰冷的石板似的墙壁，我究竟在什么地方呢？桌子上那两盆草的蔓长嫩绿的枝条，反射在镜子里的影子，我透过玻璃杯看到的淡淡的影子；反射在电镀过的小钟座上的影子，在平常总轻轻地笼罩上一层绿雾，不是很美丽有生气的吗？为什么也变成浮雕般呆僵不动呢？——一切完了，一切都给寂寞吞噬了，寂寞凝定在墙上挂的相片上，凝定在屋角的蜘蛛网上，凝定在镜子里我自己的影子上……

一切都真的给寂寞吞噬了吗？不，还有我自己，我试着抬一抬胳膊，还能抬得起，我摆了摆头，镜子里的影子也还随着动，我自己问：是谁把我放在这里的呢？是我自己，现在我才发现，就是自己，我能逃……

我能逃，然而，寂寞又跟上我了呀！在平常我们跑着百米抢书的图书馆，不是很热闹的吗？现在为什么也这样冷清呢？我从这头看到那头，像看到一个朦胧的残梦，淡黄的阳光从窗子里穿进来造成一条光的路，又射在光滑的桌面上，不耀眼，不辉腾，只是死死地贴在桌上，像——像什么呢？我不愿意说，像乡间黑漆棺材上贴的金边，寥寥的几个看书的，错落地散坐着，使我想起到月明夜天空的星子，但也都石像似的坐着，不响也不动，是人么？不是，我左右看全不像，像木乃伊？又不像，因为我闻不到木乃伊应该有的那种香味，像死尸？有点，但也不全像，——我看到他们僵坐的姿势了；我看到他们一个个的翻着的死白的眼了，我现在知道他们像什么，像鱼市里的死鱼，一堆堆地排列着，鼓着肚皮，翻着白眼，可怕！然而我能逃，然而寂寞又跟上了我，我向哪里逃呢？

到了世界的末日了吗？世界的末日，多可怕！以前我曾自己想象，自己是世界上最后的一个生物，因了这无谓的想象，我流过不知多少汗，但是现在却真教我尝到这个滋味了，天空倒挂着，像个盆，远处的西山，近处的楼台，都仿佛剪影似的贴在这灰白盆底上。小鸟缩着脖子站在土山上，不动，像博物馆里的标本，流水在冰下低缓地唱着丧歌，天空里破絮似的云片，看来像一贴贴的膏药，糊在我这寂寞的心上，枯枝丫杈着，看来像鱼刺，也刺着我这寂寞的心。

但是，我在身旁发现有人影在游动了，我知道，我自己不是世界上最后的生物，我在内心浮起一丝笑意，但是（又是但是）却怪没等这笑意浮到脸上，我又看到我身旁的人也同样翻着死白的眼，像木乃伊？像僵尸？像鱼市上陈列的死鱼？谁耐心去管，战栗通过了我全身，我想逃，寂寞驱逐着我，我想逃，向哪里逃呢？——天哪！我不知道向哪里逃了。

夜来了，随了夜来的是更多的寂寞，当我从外面走回宿舍的时候，四周死一般沉寂，但总仿佛有窸窣的脚步声绕在我四围。说声，其实哪里有什么声呢？只是我觉得有什么东西跟着我而已，倘若在白天，我一定说这是影子；倘若睡着了，我一定说这是梦，究竟是什么呢？我知道，这是寂寞，从远处我看到压在黑暗的夜气下面的宿舍，以前不是每个窗子都射出温热的软光来么？但是，变了，一切变了，大半的窗子都黑黑的，闭着寥寥的几个窗子，无力地迸射出几条光线来，又都是怎样暗淡灰白呢？——不，这不是窗子里射出来的灯光，这是墓地里的鬼火，这是魔窟里发出的魔光，我是到了鬼影幢幢的世界里了，我自己也成了鬼影了。

　　我平卧在床上，让柔弱的灯光流在我身上，让寂寞在我四周跳动，静听着远处传来的跫跫的足音，隐隐地，细细弱弱到听不清，听不见了，这声音从哪里传来的呢？是从辽远又辽远的国土里呀！是从寂寞的大沙漠里呀！但是，又像比辽远的国土更辽远；我的小屋是坟墓，这声音是从墓外过路人的脚下蹑出来的呀！离这里多远呢？想象不出，也不能想象，望吧！是一片茫茫的白海流布在中间，海里是什么呢？是寂寞。

　　隔了窗子，外面是死寂的夜，从蒙翳的玻璃里看出去，不见灯光；不见一切东西的清晰的轮廓，只是黑暗，在黑暗里的迷离的树影，丫杈着，刺着暗灰的天，在三个月前，这秃光的枯枝上，有过一串串的叶子，在萧瑟的秋风里打战，又罩上一层淡淡的黄雾。再往前，在五六个月以前吧，同样的这枯枝上织一丛丛的茂密的绿，在雨里凝成浓翠；在毒阳下闪着金光，倘若再往前推，在春天里，这枯枝上嵌着一颗颗火星似的红花，远处看，辉耀着，像火焰——但是，一转眼，溜到现在，现在怎样了呢？变了，全变了，只剩了秃光的枯枝，刺着天空，把小小的温热的生命力蕴蓄在这枯枝的中心，外面披上这层刚劲的皮，忍受着北风的狂吹；忍受着白雪的凝固；忍受着寂寞的来袭，同我一样。它也该同我一样切盼着春的来临，切盼着寂寞的退走吧。春什么时候会来呢？寂寞什么时候会走呢？这漫漫的长长的夜，这漫漫的更长的冬……

1934年1月22日

忘

如果不能"忘"，或者没有"忘"这个本能，那么痛苦就会时时刻刻都新鲜生动，时时刻刻像初产生时那样剧烈残酷地折磨着你。这是任何人都无法忍受下去的。

记得曾在什么地方听过一个笑话：一个人善忘。一天，他到野外去出恭。任务完成后，却找不到自己的腰带了。出了一身汗，好歹找到了，大喜过望，说道："今天运气真不错，平白无故地捡了一条腰带！"一转身，不小心，脚踩到了自己刚才拉出来的屎堆上。于是勃然大怒："这是哪一条混账狗在这里拉了一泡屎？"

这本来是一个笑话，在我们现实生活中，未必会有的。但是，人一老，就容易忘事糊涂，却是经常见到的事。

我认识一位著名的画家，本来是并不糊涂的。但是，年过八旬以后，却慢慢地忘事糊涂起来。我们将近半个世纪以前就认识了，颇能谈得来，而且平常也还是有些接触的。然而，最近几年来，每次见面，他把我的尊姓大名完全忘了。从眼镜后面流出来的淳朴宽厚的目光，落到我的脸上，其中饱含着疑惑的神气。我连忙说："我是季羡林，是北京大学的。"他点头称是。但是，过了没有五分钟，他又问我："你是谁呀！"我敬谨回答如上。在每一次会面中，尽管时间不长，这样尴尬的局面总会出现几次。我心里想：老友确是老了！

有一年，我们邂逅在香港。一位有名的企业家设盛筵，宴嘉宾。香港著名的人物参加者为数颇多，比如饶宗颐、邵逸夫、杨振宁等先生都在其中。宽敞典雅、雍容华贵的宴会厅里，一时珠光宝气，璀璨生辉，可谓极一时之盛。至于菜肴之精美，服务之周到，自然更不在话下了。我同这一位画家老友都是主宾，被安排在主人座旁。但是正当觥筹交错，逸兴遄飞之际，他忽然站了起来，转身要走，他大概认为宴会已经结束，到了拜拜的时候了。众人愕然，他夫人深知内情，赶快起身，把他拦住，又拉回到座位上，避免了一场尴尬的局面。

前几年，中国敦煌吐鲁番学会在富丽堂皇的北京图书馆的大报告厅里举行年会。我这位画家老友是敦煌学界的元老之一，获得了普遍的尊敬。按照中国现行的礼节，必须请他上主席台并且讲话。但是，这却带来了困难。像许多老年人一样，他脑袋里刹车的部件似乎老化失灵。一说话，往往像开汽车一样，刹不住车，说个不停，没完没了。会议是有时间限制的，听众的忍耐也决非无限。在这危难之际，我同他的夫人商议，由她写一个简短的发言稿，往他口袋里一塞，叮嘱他念完就算完事，不悖行礼如仪的常规。然而他一开口讲话，稿子之事早已忘入九霄云外。看样子是打算从盘古开天辟地讲起。照这样下去，讲上几千年，也讲不到今天的会。到了听众都变成了化石的时候，他也许才讲到春秋战国！我心里急如热锅上的蚂蚁，忽然想到：按既定方针办。我请他的夫人上台，从他的口袋掏出了讲稿，耳语了几句。他恍然大悟，点头称是，把讲稿念完，回到原来的座位。于是一场惊险才化险为夷，皆大欢喜。

我比这位老友小六七岁。有人赞我耳聪目明，实际上是耳欠聪，目欠明。如人饮水，冷暖自知，其中滋味，实不足为外人道也。但是，我脑袋里的刹车部件，虽然老化，尚可使用。再加上我有点自知之明，我的新座右铭是：老年之人，刹车失灵，戒之在说。一向奉行不违，还没有碰到下不了台的窘境。在潜意识中颇有点沾沾自喜了。

然而我的记忆机构也逐渐出现了问题。虽然还没有达到画家老友那样"神品"的水平，也已颇有可观。在这方面，我是独辟蹊径，创立了有季羡林特色的"忘"的学派。

我一向对自己的记忆力，特别是形象的记忆，是颇有一点自信的。四五十年前，甚至六七十年前的一个眼神，一个手势，至今记忆犹新，召之即来，显现在眼前，耳旁，如见其形，如闻其声，移到纸上，即成文章。可是，最近几年以来，古旧的记忆尚能保存，对眼前非常熟的人，见面时往往忘记了他的姓名。在第一瞥中，他的名字似乎就在嘴边，舌上。然而一转瞬间，不到十分之一秒，这个呼之欲出的姓名，就蓦地隐藏了起来，再也说不出了。说不出，也就算了，这无关宇宙大事，国家大事，甚至个人大事，完全可以置之不理的。而且脑袋里像电灯似的断了的保险丝，还会接上的。些许小事，何必介意？然而不行，它成了我的一块心病。我像着了魔似的，走路，看书，吃饭，睡觉，只要思路一转，立即想起此事。好像是，如果想不出来，自己就无法活下去，地球就停止了转动。我从字形上追忆，没有结果；我从发音上追忆，结果杳然。最怕半夜里醒来，本来睡得香香甜甜，如果没有干扰，保证一夜幸福。然而，像电光石火一闪，名字问题又浮现出来。古人常说的平旦之气，是非常美妙的，然而此时却美妙不起来了。我辗转反侧，瞪着眼一直瞪到天亮。其苦味实不足为外人道也。但是，不知道是哪一位神灵保佑，脑袋又像电光石火似的忽然一闪，他的姓名一下子出现了。古人形容快乐常说"洞房花烛夜，金榜题名时"，差可同我此时的心情相比。

这样小小的悲喜剧，一出刚完，又会来第二出，有时候对于同一个人的姓名，竟会上演两出这样的戏。而且出现的频率还是越来越多。自己不得不承认，自己确实是老了。郑板桥说："难得糊涂。"对我来说，并不难得，我于无意中得之，岂不快哉！

然而忘事糊涂就一点好处都没有吗？

我认为，有的，而且很大。自己年纪越来越老，对于"忘"的评价却越来越高，高到了宗教信仰和哲学思辨的水平。苏东坡的词说："人有悲欢离合，月有阴晴圆缺，此事古难全。"他是把悲和欢，离和合并提。然而古人说：不如意事常八九。这是深有体会之言。悲总是多于欢，离总是多于合，几乎每个人都是这样。如果造物主——如果真有的话——不赋予人类以"忘"的本领——我宁愿称之为本能——那么，我们人类在这么多的悲和离的重压下，能够活下去吗？我常常暗自胡思乱想：造物主这玩意儿（用《水浒》的词儿，应该说是"这话儿"）真是非常有意思。他（她？它？）既严肃，又油滑；既慈悲，又残忍。老子说："天地不仁，以万物为刍狗。"这话真说到了点子上。人生下来，既能得到一点乐趣，又必须忍受大量的痛苦，后者所占的比重要多得多。如果不能"忘"，或者没有"忘"这个本能，那么痛苦就会时时刻刻都新鲜生动，时时刻刻像初产生时那样剧烈残酷地折磨着你。这是任何人都无法忍受下去的。然而，人能"忘"，渐渐地从剧烈到淡漠，再淡漠，再淡漠，终于只剩下一点残痕；有人，特别是诗人，甚至爱抚这一点残痕，写出了动人心魄的诗篇，这样的例子，文学史上还少吗？

因此，我必须给赋予我们人类"忘"的本能的造化小儿大唱赞歌。试问，世界上哪一个圣人、贤人、哲人、诗人、阔人、猛人、这人、那人，能有这样的本领呢？

我还必须给"忘"大唱赞歌。试问：如果人人一点都不忘，我们的世界会成什么样子呢？

遗憾的是，我现在尽管在"忘"的方面已经建立了有季羡林特色的学派，可是自谓在这方面仍是钝根。真要想达到我那位画家朋友的水平，仍须努力。如果想达到我在上面说的那个笑话中人的境界，仍是可望而不可即。但是，我并不气馁，我并没有失掉信心，有朝一日，我总会达到的。勉之哉！勉之哉！

1993年7月6日

难得糊涂

> 真糊涂不难得，真糊涂是愉快的，是幸福的。
>
> 假糊涂才真难得，假糊涂是痛苦，是灾难。

清代郑板桥提出来的亦书写出来的"难得糊涂"四个大字，在中国，真可以说是家喻户晓，尽人皆知的。一直到今天，二百多年过去了，但在人们的文章里，讲话里，以及嘴中常用的口语中，这四个字还经常出现，人们都耳熟能详。

我也是难得糊涂党的成员。

不过，在最近几个月中，在经过了一场大病之后，我的脑筋有点开了窍。我逐渐发现，糊涂有真假之分，要区别对待，不能眉毛胡子一把抓。

什么叫真糊涂，而什么又叫假糊涂呢？

用不着作理论上的论证，只举几个小事例就足以说明了。例子就从郑板桥举起。

郑板桥生在清代乾隆年间，所谓康乾盛世的下一半。所谓盛世历代都有，实际上是一块其大无垠的遮羞布。在这块布下面，一切都照常进行。只是外寇来得少，人民作乱者寡，大部分人能勉强吃饱了肚子，"不识不知，顺帝之则"了。最高统治者的宫廷斗争，仍然是血腥淋漓，外面小民是不会知道的。历代的统治者都喜欢没有头脑没有思想的人；有这两个条件的只是士这个阶层。所以士一直是历代统治者的眼中钉。可离开他们又不行。于是胡萝卜与大棒并举。少部分争取到皇帝帮闲或帮忙的人，大致已成定局。等而下之，一大批士都只有一条向上爬的路——科举制度，成功与否，完全看自己的运气。翻一翻《儒林外史》，就能洞悉一切。但同时皇帝也多以莫须有的罪名大兴文字狱，杀鸡给猴看。统治者就这样以软硬兼施的手法，统治天下。看来大家都比较满意。但是我认为，这是真糊涂，如影随形，就在自己身上，并不"难得"。

我的结论是：真糊涂不难得，真糊涂是愉快的，是幸福的。

此事古已有之，历代如此。楚辞所谓"举世皆浊我独清，众人皆醉我独醒"，所谓"醉"，就是我说的糊涂。

可世界上还偏有郑板桥这样的人，虽然人数极少极少，但毕竟是有的。他们为天地留了点正气。他已经考中了进士。据清代的一本笔记上说，由于他的书法不是台阁体，没能点上翰林，只能外放当一名知县，"七品官耳"。他在山东潍县做了一任县太爷，又偏有良心，同情小民疾苦，有在潍县衙斋里所作的诗为证。结果是上官逼，同僚挤，他忍受不了，只好丢掉乌纱帽，到扬州当八怪去了。他一生诗书画中都有一种愤闷不平之气，有如司马迁的《史记》。他倒霉就倒在世人皆醉而他独醒，也就是世人皆真糊涂而他独必须装糊涂，假糊涂。

我的结论是：假糊涂才真难得，假糊涂是痛苦，是灾难。

现在说到我自己。

我初进三〇一医院的时候，始终认为自己患的不过是癣疥之疾。隔壁房间里主治大夫正与北大校长商议发出病危通告，我这里却仍然嬉皮笑脸，大说其笑话。终医院里的四十六天，我始终没有危急感。现在想起来，真正后怕。原因就在，我是真糊涂，极不难得，极为愉快。

我虔心默祷上苍，今后再也不要让真糊涂进入我身，我宁愿一生背负假糊涂这一个十字架。

2002年12月2日在三〇一医院
于大夫护士嘈杂声中写成，亦一快事也。

我害怕"天才"

> 我决不反对一个人对自己本能的爱，应
> 该把这种爱引向正确的方向。如果把它引向
> 自命不凡，引向自命"天才"，引向傲慢，
> 则会损己而不利人。

人类的智商是不平衡的，这种认识已经属于常识的范畴，无人会否认的。不但人类如此，连动物也不例外。我在乡下观察过猪，我原以为这蠢然一物，智商都一样，无所谓高低的。然而事实上猪们的智商颇有悬殊。我喜欢养猫，经我多年的观察，猫们的智商也不平衡，而且连脾气都不一样，颇使我感到新奇。

猪们和猫们有没有天才，我说不出。专就人类而论，什么叫做"天才"呢？我曾在一本书里或一篇文章里读到过一个故事。某某数学家，在玄秘深奥的数字和数学符号的大海里游泳，如鱼得水，圆融无碍。别人看不到的问题，他能看到；别人解答不了的方程式

之类的东西，他能解答。于是，众人称之为"天才"。但是，一遇到现实生活中的问题，他的智商还比不了一个小学生。比如猪肉三角三分一斤，五斤猪肉共值多少钱呢？他瞠目结舌，无言以对。

因此，我得出一个结论："天才"即偏才。

在中国文学史或艺术史上，常常有几"绝"的说法。最多的是"三绝"，指的是诗、书、画三绝。所谓"绝"，就是超越常人，用一个现成的词儿，就是"天才"。可是，如果仔细分析起来，这个人在几绝中只有一项，或者是两项是真正的"绝"，为常人所不能及，其他几绝都是为了凑数凑上去的。因此，所谓"三绝"或几绝的"天才"，其实也是偏才。

可惜古今中外参透这一点的人极少极少，更多的是自命"天才"的人。这样的人老中青都有。他们仿佛是从菩提树下金刚台上走下来的如来佛，开口便昭告天下："天上天下，唯我独尊。"这种人最多是在某一方面稍有成就，便自命不凡起来，看不起所有的人，一副"天才气"，催人欲呕。这种人在任何团体中都不能团结同仁，有的竟成为害群之马。从前在某个大学中有一位年轻的历史教授，自命"天才"，瞧不起别人，说这个人是"狗蛋"，那个人是"狗蛋"。结果是投桃报李，群众联合起来，把"狗蛋"的尊号恭呈给这个人，他自己成了"狗蛋"。

这样的人在当今社会上并不少见，他们成为社会上不安定的因素。

蒙田在一篇名叫《论自命不凡》的随笔中写道：

对荣誉的另一种追求，是我们对自己的长处评价过高。这是我们对自己怀有的本能的爱，这种爱使我们把自己看得和我们的实际情况完全不同。

我决不反对一个人对自己本能的爱，应该把这种爱引向正确的方向。如果把它引向自命不凡，引向自命"天才"，引向傲慢，则会损己而不利人。

我害怕的就是这样的"天才"。

1999年7月25日

目中无人

> 只要心里一急，我就祭起了我的法宝，法宝共有两件：一是儒家的"既来之，则安之"，一是道家的顺其自然。
>
> 只要把它一祭起，心中立即微波不兴。

中国的成语"目中无人"是一个贬义词，意思是狂妄自大，把谁都不放在眼中，天上天下，唯我独尊。这是心理上的"目中无人"，是一种要不得的恶习。我现在居然也变成了"目中无人"了；但是，我是由于生理上的原因，患了眼疾，看人看不清楚。这同心理上的毛病有天渊之别。

大约在十年前，由于年龄的原因，我的老年性白内障逐渐发作，右眼动了手术。手术是非常成功的。但是随着年龄的增长，我已年届九旬，右眼又突然出了毛病，失去视力，到了伸手难见五指的程度，仅靠没有动过手术的左眼不到0.1的视力，勉强摸索着活动。形同半个盲人。古人有诗句："老年花似雾中看"，当年认为这是别人的事，现在却到自己眼前来了。窗前我自己种的那一棵玉兰花，今年是大年，总共开了二百多朵花，那情景应该说是光辉灿烂的，可惜我已无法享受，只看到了白白的几朵花的影子，其余都是模糊一团了。"春风杨柳万千条"，现在正是嫩柳鹅黄的时节；可是我也只能看到风中摇摆着一些零乱的黑丝条而已。即使池塘中的季荷露出了尖尖角的时候，我大概也只能影影绰绰地看到几点绿点罢了。

这痛苦不痛苦呢？谁也会想到，这决不是愉快的，我本是一个性急固执有棱有角的人，但是将近九十年的坎坷岁月，把我的性子已经磨慢，棱角已经磨得圆了许多；虽还不能就说是一个琉璃球，然而相距已不太远矣。现在，在眼睛出了毛病的情况下，说内心完全平静，那不是真话。但是，只要心里一急，我就祭起了我的法宝，法宝共有两件：一是儒家的"既来之，则安之"，一是道家的顺其自然。你别说，这法宝还真灵。只要把它一祭起，心中立即微波不兴，我对一切困难都处之泰然了。

同时，我还会想到就摆在眼前的几个老师的例子。陈寅恪先生五十来岁就双目失明，到了广州以后，靠惊人的毅力和记忆力，在黄萱女士的帮助下，写成了一部长达七八十万字的《柳如是别传》，震动了学坛。冯友兰先生耄耋之年失明，也靠惊人的毅力，口述写成了《中国哲学史新编》，摆脱了桎梏，解放了思想，信笔写来，达到了空前的大自在的水平，受到了学术界的瞩目。另一位先生是陈翰笙教授，他身经三个世纪，今年已经是一百零五岁，成为稀有的名副其实的人瑞。他双目失明已近二十年；但从未停止工作，在家里免费教授英文，学者像到医院诊病一样，依次排队听课。前几年，在庆祝他百岁华诞的时候，请他讲话，他讲的第一句话却是"我要求工作"，在场的人无不为之动容。我想，以上三个例子就足以说明，一个人，即使是双目失明了，是仍然能够做出极有意义的事情。

再说到我自己，从身体状态来看，从心理状态来瞧，即使眼前眼睛有了点毛病，但同失明是决不会搭界的。一个九旬老人，身体上有点毛病，纯属正常；不这样，反而会成为怪事。因此，我只有听之，任之，安之，决不怨天尤人。古书上说：否极泰来。我深信，泰来之日终会来临。到了那时，我既不在心理上"目中无人"，也不在生理上"目中无人"，岂不猗欤休哉！

我现在在这里潜心默祷，愿天下善男、信女、仁人、志士无论是在生理上还是在心理上都不"目中无人"，大千世界，礼仪昌明，天下太平，共同努力，把这个小小的地球村整治成地上乐园。

2000年4月8日

做真实的自己

　　一个人一生是什么样子，都应该如实地
表达出来。在某一阶段上，自己的思想感情
有了偏颇，甚至错误，决不应加以掩饰，而
应该堂堂正正地承认。

　　在人的一生中，思想感情的变化总是难免的。连寿命比较短的
人都无不如此，何况像我这样寿登耄耋的老人！

　　我们舞文弄墨的所谓"文人"，这种变化必然表现在文章中。
到了老年，如果想出文集的话，怎样来处理这样一些思想感情前后
有矛盾，甚至天翻地覆的矛盾的文章呢？这里就有两种办法。在过
去，有一些文人，悔其少作，竭力掩盖自己幼年挂屁股帘的形象，
尽量删削年轻时的文章，使自己成为一个一生一贯正确，思想感情
总是前后一致的人。

　　我个人不赞成这种做法，认为这有点作伪的嫌疑。我主张，一

个人一生是什么样子，年轻时怎样，中年怎样，老年又怎样，都应该如实地表达出来。在某一阶段上，自己的思想感情有了偏颇，甚至错误，决不应加以掩饰，而应该堂堂正正地承认。这样的文章决不应任意删削或者干脆抽掉，而应该完整地加以保留，以存真相。

在我的散文和杂文中，我的思想感情前后矛盾的现象，是颇能找出一些来的。比如对中国社会某一个阶段的歌颂，对某一个人的崇拜与歌颂，在写作的当时，我是真诚的；后来感到一点失望，我也是真诚的。这些文章，我都毫不加以删改，统统保留下来。不管现在看起来是多么幼稚，甚至多么荒谬，我都不加掩饰，目的仍然是存真。

像我这样性格的一个人，我是颇有点自知之明的。我离一个社会活动家，是有相当大的距离的。我本来希望像我的老师陈寅恪先生那样，淡泊以明志，宁静以致远，不求闻达，毕生从事学术研究，又决不是不关心国家大事，决不是不爱国，那不是中国知识分子的传统。然而阴差阳错，我成了现在这样一个人。应景文章不能不写，写序也推脱不掉，"春花秋月何时了，开会知多少"，会也不得不开。事与愿违，尘根难断，自己已垂垂老矣，改弦更张，只有俟诸来生了。

这与我写一些文章有关。因写"后记"，触发了我的感慨，所以就加了这样一条尾巴。

1995年3月18日

注：本文原为《季羡林文集·第十三卷》后记。

老年谈老

> 人们有了忧愁痛苦，如果不渐渐地淡化，则一定会活不下去的。人们逢到极大的喜事，如果不渐渐地恢复平静，则必然会忘乎所以，高兴得发狂。

老年谈老，就在眼前；然而谈何容易！

原因何在呢？原因就在，自己有时候承认老，有时候又不承认，真不知道从何处谈起。

记得很多年以前，自己还不到六十岁的时候，有人称我为"季老"，心中颇有反感，应之逆耳，不应又不礼貌，左右两难，极为尴尬。然而曾几何时，在不知不觉中，渐渐地听得入耳了，有时甚至还有点甜蜜感。自己吃了一惊：原来自己真是老了，而且也承认老了。至于这个大转变是从什么时候开始的，自己有点茫然惝然，我正在推敲而且研究。

　　不管怎样，一个人承认老是并不容易的。我的一位九十岁出头的老师有一天对我说，他还不觉得老，其他可知了。我认为，在这里关键是一个"渐"字。若干年前，我读过丰子恺先生一篇含有浓厚哲理的散文，讲的就是这个"渐"字。这个字有大神通力，它在人生中的作用决不能低估。人们有了忧愁痛苦，如果不渐渐地淡化，则一定会活不下去的。人们逢到极大的喜事，如果不渐渐地恢复平静，则必然会忘乎所以，高兴得发狂。人们进入老境，也是逐渐感觉到的。能够感觉到老，其妙无穷。人们渐渐地觉得老了，从积极方面来讲，它能够提醒你：一个人的岁月决不是取之不尽用之不竭的，应该抓紧时间，把想做的事情做完，做好，免得无常一到，后悔无及。从消极方面来讲，一想到自己的年龄，那些血气方刚时干的勾当就不应该再去硬干。个别喜欢争名于朝、争利于市的人，或许也能收敛一点。老之为用大矣哉！

　　我自己是怎样对待老年呢？说来也颇为简单。我虽年届耄耋，内部零件也并不都非常健全；但是我处之泰然，我认为，人上了年纪，有点这样那样的病，是合乎自然规律的，用不着大惊小怪。如果年老了，硬是一点病都没有，人人活上二三百岁甚至更长的时间，那么今天狂呼"老龄社会"者，恐怕连嗓子也会喊哑，而且吓得浑身发抖，连地球也会被压塌的。我不想做长生的梦。我对老年，甚至对人生的态度是道家的。我信奉陶渊明的两句诗：

纵浪大化中

不喜亦不惧

这就是我对待老年的态度。

看到我已经有了一把子年纪，好多人都问我：有没有什么长寿秘诀。我的答复是：我的秘诀就是没有秘诀，或者不要秘诀。我常常看到有一些相信秘诀的人，禁忌多如牛毛。这也不敢吃，那也不敢尝，比如，吃鸡蛋只吃蛋清，不吃蛋黄，因为据说蛋黄胆固醇高；动物内脏决不入口，同样因为胆固醇高。有的人吃一个苹果要消三次毒，然后削皮；削皮用的刀子还要消毒，不在话下；削了皮以后，还要消一次毒，此时苹果已经毫无苹果味道，只剩下消毒药水味了。从前有一位化学系的教授，吃饭要仔细计算卡路里的数量，再计算维生素的数量，吃一顿饭用的数学公式之多等于一次实验。结果怎样呢？结果每月饭费超过别人十倍，而人却瘦成一只干巴鸡。一个人到了这个地步，还有什么人生之乐？如果再戴上放大百倍的显微镜眼镜，则所见者无非细菌，试问他还能活下去吗？

至于我自己呢，我决不这样做，我一无时间，二无兴趣。凡是我觉得好吃的东西我就吃，不好吃的我就不吃，或者少吃，卡路里、维生素统统见鬼去吧。心里没有负担，胃口自然就好，吃进去的东西都能很好地消化。再辅之以腿勤、手勤、脑勤，自然百病不生了。脑勤我认为尤其重要。如果非要让我讲出一个秘诀不行的话，那么我的秘诀就是：千万不要让脑筋懒惰，脑筋要永远不停地思考问题。

我已年届耄耋，但是，专就北京大学而论，倚老卖老，我还没有资格。在教授中，按年龄排队，我恐怕还要排到二十多位以后。我幻想眼前有一个按年龄顺序排列的向八宝山进军的北大教授队伍。我后面的人当然很多。但是向前看，我还算不上排头，心里颇得安慰，并不着急。可是偏有一些排在我后面的比我年轻的人，风风火火，抢在我前面，越过排头，登上山去。我心里实在非常惋惜，又有点怪他们，今天我国的平均寿命已经超过七十岁，比中华人民共和国成立前增加了一倍，你们正在精力旺盛时期，为国效力，正是好时机，为什么非要抢先登山不行呢？这我无法阻拦，恐怕也非本人所愿。不过我已下定决心，决不抢先夹塞。

不抢先夹塞活下去目的何在呢？要干些什么事呢？我一向有一个自己认为是正确的看法：人吃饭是为了活着，但活着却不是为了吃饭。到了晚年，更是如此。我还有一些工作要做，这些工作对人民对祖国都还是有利的，不管这个"利"是大是小。我要把这些工作做完，同时还要再给国家培养一些人材。我仍然要老老实实干活，清清白白做人，决不干对不起祖国和人民的事；要尽量多为别人着想，少考虑自己的得失。人过了八十，金钱富贵等同浮云，要多为下一代操心，少考虑个人名利，写文章决不剽窃抄袭，欺世盗名。等到非走不行的时候，就顺其自然，坦然离去，无愧于个人良心，则吾愿足矣。

要说的话已经说完，但是我还想借这个机会发点牢骚。我在上面提到"老龄社会"这个词儿。这个概念我是懂得的，有一些措施我也是赞成的。什么干部年轻化，教师年轻化，我都举双手赞成。但是我对报纸上天天大声叫嚷"老龄社会"，却有极大的反感。好像人一过六十就成了社会的包袱，成了阻碍社会进步的绊脚石，我看有点危言耸听，不知道用意何在。我自己已是老人，我也观察过许多别的老人。他们中游手好闲者有之，躺在医院里不能动的有之，天天提鸟笼持钓竿者有之，如此等等，不一而足。但这只是少数，并不是老人的全部。还有不少老人虽然已经寿登耄耋，年逾期颐，向着白寿甚至茶寿进军，但仍然勤勤恳恳，焚膏继晷，兀兀穷年，难道这样一些人也算是社会的包袱吗？我倒不一定赞成"姜是老的辣"这样一句话。年轻人朝气蓬勃，是我们未来希望之所在，让他们登上要路津，是完全必要的。但是对老年人也不必天天絮絮叨叨，耳提面命："你们已经老了！你们已经不行了！对老龄社会的形成你们不能辞其咎呀！"这样做有什么用处呢？随着生活的日益改善，人们的平均寿命还要提高，将来老年人在社会中所占的比例还要提高。即使你认为这是一件坏事，你也没有法子改变。听说从前钱玄同先生主张，人过四十一律枪毙。这只是愤激之辞，有人作诗讽刺他自己也活过了四十而照样活下去。我们有人老是为社会老龄化担忧，难道能把六十岁以上的人统统赐自尽吗？老龄化同人口多不是一码事。老龄化是自然趋势，而且无法制止。既然无法制止，就不必瞎嚷，这是徒劳无益的。我总怀疑，"老龄化"这玩意儿也是从外国进口的舶来品。西方人有同我们不同的伦理概念。我们大可以不必东施效颦。质诸高明，以为如何？

　　牢骚发完，文章告终，过激之处，万望包容。

1991年7月15日

第二章

最盛大的富有，
在于内心的丰盈

在当今信息爆炸的时代中，我们必须及时得到信息。

只有这样，人才能潇洒地生活下去，

否则将适得其反。

信息怎样得到呢？

看能得到信息，听也能得到信息，

而读书仍然是重要的信息源，

所以非读书不可。

我们面对的现实

> 有时会有地震，有时会有天灾，刀兵水
> 火，疾病灾殃，说不定什么时候就会驾临你
> 的头上，躲不胜躲，防不胜防。对策只有一
> 个：顺其自然，尽上人事。

我们面对的现实，多种多样，很难一一列举。现在我只谈两个：第一，生活的现实；第二，学术研究的现实。

一、生活的现实

生活，人人都有生活，它几乎是一个广阔无垠的概念。在家中，天天开门七件事：柴、米、油、盐、酱、醋、茶，人人都必须有的。这且不表。要处理好家庭成员的关系，不在话下。在社会上，就有了很大的区别。当官的，要为人民服务，当然也盼指日高

升。大款们另有一番风光，炒股票、玩期货，一夜之间成了暴发户，腰缠十万贯，"春风得意马蹄疾，一日看遍长安花"。当然，一旦破了产，跳楼自杀，有时也在所难免。我辈书生，青灯黄卷，兀兀穷年，有时还得爬点格子，以济工资之穷。至于引车卖浆者流，只有拼命干活，才得糊口。

这都是我们必须面对的生活。我们必须黾勉从事，过好这个日子（生活），自不待言。

但是，如果我们把眼光放远一点，把思虑再深化一点，想一想全人类的生活，你感觉到危险性了没有？也许有人感到，我们这个小小寰球并不安全。有时会有地震，有时会有天灾，刀兵水火，疾病灾殃，说不定什么时候就会驾临你的头上，躲不胜躲，防不胜防。对策只有一个：顺其自然，尽上人事。

如果再把眼光放得更远，让思虑钻得更深，则眼前到处是看不见的陷阱。我自己也曾幼稚过一阵。我读东坡《（前）赤壁赋》："唯江上之清风，与山间之明月，耳得之而为声，目遇之而成色。取之不尽，用之不竭。是造物者之无尽藏也，而我与子之所共适。"我深信苏子讲的句句是真理。然而，到了今天，江上之风还清吗？山间之月还明吗？谁都知道，由于大气的污染，风早已不清，月早已不明了。与此有联系的还有生态平衡的破坏，动植物品种的灭绝，新疾病的不断出现，人口的爆炸，臭氧层出了洞，自然资源——其中包括水——的枯竭，如此等等，不一而足。我们人类实际上已经到了"盲人骑瞎马，夜半临深池"的地步。令人吃惊的是，虽然有人已经注意到了这个现象，但并没有提高到与人类生存前途挂钩的水平，仍然只是头痛治头，脚痛治脚。还有人幻想用西方的"科学"来解救这一场危机。我认为，这是不太可能的，这一场灾难主要就是西方"征服自然"的"科学"造成的。西方科学优秀之处，必须继承；但是必须从根本上，从思想上，解决问题，以东方的"民胞物与"的"天人合一"的思想济西方"科学"之穷。人类前途，庶几有望。

二、学术研究的现实

对我辈知识分子来说，除了生活的现实之外，还有一个学术研究的现实。我在这里重点讲人文社会科学，因为我自己是搞这一行的。

文史之学，中国和欧洲都已有很长的历史。因两处具体历史情况不同，所以发展过程不尽相同。但是总的研究对象和研究方法多有相通之处，对象大都是古典文献。就中国而论，由于字体屡变，先秦典籍的传抄工作不能不受到影响。但是，读书必先识字，此《说文解字》之所以必做也。新材料的出现，多属偶然。地下材料，最初是"地不爱宝"，它自己把材料贡献出来的，有目的有意识的发掘工作是后来兴起的。盗墓者当然是例外。至于社会调查，古代不能说没有，采风就是调查形式之一。有计划有组织有目的的社会调查工作，也是晚起的，恐怕还是多少受了点西方的影响。

古代文史工作者用力最勤的是记诵之学。在科举时代，一个举子必须能背"四书""五经"，这是起码的条件。否则连秀才也当不上，遑论进士！扩而大之，要背诵"十三经"，有时还要连上注疏。至于传说有人能倒背"十三经"，对于我至今还是个谜，一本书能倒背吗？背了有什么用处呢？

社会不断前进，先出了一些类似后来索引的东西，系统的科学的索引，出现最晚，恐怕也是受西方的影响，有人称之为"引得"（index），显然是舶来品。

但是，不管有没有索引，索引详细不详细，我们研究一个题目，总要先积累资料，而积累资料，靠记诵也好，靠索引也好，都是十分麻烦、十分困难的。有时候穷年累月，滴水穿石，才能勉强凑足够写一篇论文的资料，有一些资料可能还是可遇而不可求的。写文章之难真是难于上青天。

然而，石破天惊，电脑出现了，许多古代典籍逐渐输入电脑了，不用一举手一投足之劳，只需发一命令，则所需的资料立即呈现在你的眼前，一无遗漏。岂不痛快也哉！

这就是眼前我们面对的学术现实。最重要最困难的搜集资料工作解决了，岂不是人人皆可以为大学者了吗？难道我们还不能把枕头垫得高高地"高枕无忧"了吗？

我说："且慢！且慢！我们的任务还并不轻松！"我们面临这一场大的转折，先要调整心态。对电脑赐给我们的资料，要加倍细致地予以分析使用。还有没有输入电脑的书，仍然需要我们去翻检。

1997年4月13日

谦虚与虚伪

> 虚怀若谷，如果是真诚的话，它会促你
> 永远学习，永远进步。有的人永远"自我感
> 觉良好"，这种人往往不能进步。

在伦理道德的范畴中，谦虚一向被认为是美德，应该扬。而虚伪则一向被认为是恶习，应该抑。

然而，究其实际，两者间有时并非泾渭分明，其区别间不容发。谦虚稍一过头，就会成为虚伪。我想，每个人都会有这种体会的。

在世界文明古国中，中国是提倡谦虚最早的国家。在中国最古的经典之一的《尚书·大禹谟》中就已经有了"满招损，谦受益，时（是）乃天道"这样的教导，把自满与谦虚提高到"天道"的水平，可谓高矣。从那以后，历代的圣贤无不张皇谦虚，贬抑自满。一直到今天，我们常用的词汇中仍然有一大批与"谦"字有

联系的词儿，比如"谦卑""谦恭""谦和""谦谦君子""谦让""谦顺""谦虚""谦逊"等，可见"谦"字之深入人心，久而愈彰。

我认为，我们应当提倡真诚的谦虚，而避免虚伪的谦虚，后者与虚伪间不容发矣。

可是在这里我们就遇到了一个拦路虎：什么叫"真诚的谦虚"呢？什么又叫"虚伪的谦虚"？两者之间并非泾渭分明，简直可以说是因人而异，因地而异，因时而异，掌握一个正确的分寸难于上青天。

最突出的是因地而异，"地"指的首先是东方和西方。在东方，比如说中国和日本，提到自己的文章或著作，必须说是"拙作"或"拙文"。在西方各国语言中是找不到相当的词儿的，尤有甚者，甚至可能产生误会。中国人请客，发请柬必须说"洁治菲酌"，不了解东方习惯的西方人就会满腹疑团：为什么单单用"不丰盛的宴席"来请客呢？日本人送人礼品，往往写上"粗品"二字，西方人又会问：为什么不用"精品"来送人呢？在西方，对老师，对朋友，必须说真话，会多少，就说多少。如果你说，这个只会一点点儿，那个只会一星星儿，他们就会信以为真，在东方则不会。这有时会很危险的。至于吹牛之流，则为东西方同样所不齿，不在话下。

可是怎样掌握这个分寸呢？我认为，在这里，真诚是第一标准。虚怀若谷，如果是真诚的话，它会促你永远学习，永远进步。有的人永远"自我感觉良好"，这种人往往不能进步。康有为是一个著名的例子。他自称，年届而立，天下学问无不掌握。结果说康有为是一个革新家则可，说他是一个学问家则不可。较之乾嘉诸大师，甚至清末民初诸大师，包括他的弟子梁启超在内，他在学术上是没有建树的。

总之，谦虚是美德，但必须掌握分寸，注意东西。在东方谦虚涵盖的范围广，不能施之于西方，此不可不注意者。然而，不管东方或西方，必须出之以真诚，有意的过分的谦虚就等于虚伪。

1998年10月3日

知足知不足

> 如果每个人都能满足于已经得到的东西，则社会必能安定，天下必能太平，这个道理是显而易见的。

　　曾见冰心老人为别人题座右铭："知足知不足，有为有不为。"言简意赅，寻味无穷。特写短文两篇，稍加诠释。先讲知足知不足。

　　中国有一句老话"知足常乐"，为大家所遵奉。什么叫"知足"呢？还是先查一下字典吧。《现代汉语词典》说："知足：满足于已经得到的（指生活、愿望等）。"如果每个人都能满足于已经得到的东西，则社会必能安定，天下必能太平，这个道理是显而易见的。可是社会上总会有一些人不安分守己，癞蛤蟆想吃天鹅肉。这样的人往往要栽大跟头的。对他们来说，"知足常乐"这句话就成了灵丹妙药。

　　但是，知足或者不知足也要分场合的。在旧社会，穷人吃草根树皮，阔人吃燕窝鱼翅。在这样的场合下，你劝穷人知足，能劝得动吗？正相反，应当鼓励他们不能知足，要起来斗争。这样的不知足是正当的，是有重大意义的，它能伸张社会正义，能推动人类社会前进。

　　除了场合以外，知足还有一个分的问题。什么叫分？笼统言之，就是适当的限度。人们常说的"安分""非分"等，指的就是限度。这个限度也是极难掌握的，是因人而异、因地而异的。勉强找一个标准的话，那就是"约定俗成"。我想，冰心老人之所以写这一句话，其意不过是劝人少存非分之想而已。

　　至于知不足，在汉文中虽然字面上相同，其含义则有差别。这里所谓"不足"，指的是"不足之处""不够完美的地方"。这句话同"自知之明"有联系。

　　自古以来，中国就有一句老话："人贵有自知之明。"这一句话暗示给我们，有自知之明并不容易，否则这一句话就用不着说了。事实上也确实如此。就拿现在来说，我所见到的人，大都自我感觉良好。专以学界而论，有的人并没有读几本书，却不知天高地厚，以天才自居，靠自己一点小聪明——这能算得上聪明吗？——狂傲恣睢，骂尽天下一切文人，大有用一枚毛锥横扫六合之慨，令明眼人感到既可笑，又可怜。这种人往往没有什么出息的。因为，又有一句中国老话："学如逆水行舟，不进则退。"还有一句中国老话"学海无涯"，说的都是真理。但在这些人眼中，他们已经穷了学海之源，往前再没有路了，进步是没有必要的。他们除了自我欣赏之外，还能有什么出息呢?

古代希腊也认为自知之明是可贵的，所以语重心长地说出了："要了解你自己!"中国同希腊相距万里，可竟说了几乎是一模一样的话，可见这些话是普遍的真理。中外几千年的思想史和科学史，也都证明了一个事实：只有知不足的人才能为人类文化作出贡献。

2001年2月21日

有为有不为

> 我觉得，只要诉诸一般人都能够有的良
> 知良能，就能分辨清是非善恶了，就能知道
> 什么事应该做，什么事不应该做了。

　　"为"，就是"做"。应该做的事，必须去做，这就是"有
为"。不应该做的事必不能做，这就是"有不为"。

　　在这里，关键是"应该"二字。什么叫"应该"呢？这有点
像仁义的"义"字。韩愈给"义"字下的定义是"行而宜之之谓
义"。"义"就是"宜"。而"宜"就是"合适"，也就是"应
该"，但问题仍然没有解决。要想从哲学上从伦理学上说清楚这个
问题，恐怕要写上一篇长篇论文，甚至一部大书。我没有这个能
力，也认为根本无此必要。我觉得，只要诉诸一般人都能够有的良
知良能，就能分辨清是非善恶了，就能知道什么事应该做，什么事
不应该做了。

中国古人说："勿以善小而不为，勿以恶小而为之。"可见善恶是有大小之别的，应该不应该也是有大小之别的，并不是都在一个水平上。什么叫大，什么叫小呢？这里也用不着繁琐的论证，只须动一动脑筋，睁开眼睛看一看社会，也就够了。

小恶、小善，在日常生活中，随时可见。比如在公共汽车上给老人和病人让座，能让，算是小善；不能让，也只能算是小恶，够不上大逆不道。然而，从那些一看到有老人或病人上车就立即装出闭目养神的样子的人身上，不也能由小见大看出了社会道德的水平吗？

至于大善大恶，目前社会中也可以看到，但在历史上却看得更清楚。比如宋代的文天祥。他为元军所虏。如果他想活下去，屈膝投敌就行了，不但能活，而且还能有大官做，最多是在身后被列入"贰臣传"，"身后是非谁管得"，管那么多干嘛呀。然而他却高赋《正气歌》，从容就义，留下英名万古传，至今还在激励着我们全国人民的爱国热情。

通过上面举的一个小恶的例子和一个大善的例子，我们大概对大小善和大小恶能够得到一个笼统的概念了。凡是对国家有利，对人民有利，对人类发展、前途有利的事情就是大善，反之就是大恶。凡是对处理人际关系有利，对保持社会安定团结有利的事情可以称之为小善，反之就是小恶。大小之间有时难以区别，这只不过是一个大体的轮廓而已。

大小善和大小恶有时候是有联系的。俗话说：千里之堤，溃于蚁穴。拿眼前常常提到的贪污行为而论。往往是先贪污少量的财物，心里还有点打鼓。但是，一旦得逞，尝到甜头，又没被人发现，于是胆子越来越大，贪污的数量也越来越多，终至于一发而不可收拾，最后受到法律的制裁，悔之晚矣。也有个别的识时务者，迷途知返，就是所谓浪子回头者，然而难矣哉！

　　我的希望很简单，我希望每个人都能有为有不为。一旦"为"错了，就毅然回头。

2001年2月23日

漫谈消费

> 我仍然认为：吃饭穿衣是为了活着，但是活着决不是为了吃饭穿衣。

蒙组稿者垂青，要我来谈一谈个人消费。这实在不是最佳选择。因为我的个人消费决无任何典型意义。如果每个人都像我这样，商店几乎都要关门大吉。商店越是高级，我越敬而远之。店里那一大堆五光十色、争奇斗艳的商品，有的人见了简直会垂涎三尺，我却是看到就头痛，而且窃作腹诽：在这些无限华丽的包装内包的究竟是什么货色，只有天晓得，我觉得人们似乎越来越蠢，我们所能享受的东西，不过只占广告费和包装费的一丁点儿，我们是让广告和包装牵着鼻子走的，愧为"万物之灵"。

谈到消费，必须先谈收入。组稿者让我讲个人的情况，而且越具体越好。我就先讲我个人的具体收入情况。我在50年代被评为一级教授，到现在已经四十多年了，尚留在世间者已为数不多，可以被视为珍稀动物，通称为"老一级"。

在北京工资区——大概是六区——每月345元。再加上中国科学院哲学社会科学部委员，每月津贴100元。这个数目今天看起来实为微不足道。然而在当时却是一个颇大的数目，十分"不菲"。我举两个具体的例子：吃一次"老莫"（莫斯科餐厅），大约一元五到两元，汤菜俱全，外加黄油面包，还有啤酒一杯。如果吃烤鸭，不过六七块钱一只。其余依次类推。只需同现在的价格一比，其悬殊立即可见。从工资收入方面来看，这是我一生最辉煌的时期之一。这是以后才知道的，"当时只道是寻常"。到了今天，"老一级"的光荣桂冠仍然戴在头上，沉甸甸的，又轻飘飘的，心里说不出是什么滋味。实际情况却是"昔人已乘黄鹤去，此地空余老桂冠"。我很感谢，不知道是哪一位朋友发明了"工薪阶层"这一个词儿。这真不愧是天才的发明。幸乎？不幸乎？我也归入了这一个"工薪阶层"的行列。听有人说，在某一个城市的某大公司里设有"工薪阶层"专柜，专门对付我们这一号人的。如果真正有的话，这也不愧是一个天才的发明，俗话说："识时务者为俊杰。"他们都是不折不扣的"俊杰"。

我这个"老一级"每月究竟能拿多少钱呢？要了解这一点，必须先讲一讲今天的分配制度。现在的分配制度，同50年代相比，有了极大的不同，当年在大学里工作的人主要靠工资生活，不懂什么"第二职业"，也不允许有"第二职业"。谁要这样想，这样做，那就是典型的资产阶级思想，是同无产阶级思想对着干的，是最犯忌讳的。今天却大改其道。学校里颇有一些人有种种形式的"第二职业"，甚至"第三职业"。原因十分简单：如果只靠自己的工资，那就生活不下去。以我这个"老一级"为例，账面上的工资我是北大教员中最高的。我每月领到的工资，七扣八扣，拿到手的平均约七百至八百。保姆占掉一半，天然气费、电话费等，约占掉剩下的四分之一。我实际留在手的只有三百元左右，我要用这些钱来付全体在我家吃饭的四个人的饭钱，这些钱连供一个人吃饭都有点捉襟见肘，何况四个人！"老莫"、烤鸭之类，当然可望而不可即。

可是我的生活水平，如果不是提高的话，也决没有降低。难道我点金有术吗？非也。我也有第X职业，这就是爬格子。格子我已经爬了六十多年，渐渐地爬出一些名堂来。时不时地就收到稿费，很多时候，我并不知道是哪一篇文章换来的。外文楼收发室的张师傅说："季羡林有三多，报纸杂志多，有十几种，都是赠送的；来信多，每天总有五六封，来信者男女老幼都有，大都是不认识的人；汇单多。"我决非守财奴，但是一见汇款单，则心花怒放。爬格子的劲头更加昂扬起来。我没有做过统计，不知道每月究竟能收到多少钱。反正，对每月手中仅留三百元钱的我来说，从来没有感到拮据，反而能大把大把地送给别人或者家乡的学校。我个人的生活水平，确有提高。我对吃，从来没有什么要求。早晨一般是面包或者干馒头，一杯清茶，一碟炒花生米，从来不让人陪我凌晨4点起床，给我做早饭。午晚两餐，素菜为多。我对肉类没有好感。这并不是出于什么宗教信仰，我不是佛教徒，其他教徒也不是。我并不宣扬素食主义。我的舌头也没有生什么病，好吃的东西我是能品尝的。不过我认为，如果一个人成天想吃想喝，仿佛人生的意义与价值就在于吃喝二字。我真觉得无聊，"斯下矣"，食足以果腹，不就够了吗？因此，据小保姆告诉，我们平均四个人的伙食费不过五百多元而已。

至于衣着，更不在我考虑之列。在这方面，我是一个"利己主义者"。衣足以蔽体而已，何必追求豪华。一个人穿衣服，是给别人看的。如果一个人穿上十分豪华的衣服，打扮得珠光宝气，天天坐在穿衣镜前，自我欣赏，他（她）不是一个疯子，就是一个傻子。如果只是给别人去看，则观看者的审美能力和审美标准，千差万别，你满足了这一帮人，必然开罪于另一帮人，决不能使人人都高兴，皆大欢喜。反不如我行我素，我就是这一身打扮，你爱看不看，反正我不能让你指挥我，我是个完全自由自主的人。

因此，我的衣服，多半是穿过十年八年或者更长时间的，多半属于博物馆中的货色。俗话说："人靠衣裳马靠鞍。"以衣取人，自古已然，于今犹然。我到大店里去买东西，难免遭受花枝招展的年轻女售货员的白眼。如果有保卫干部在场，他恐怕会对我多加小心，我会成为他的重点监视对象。好在我基本上不进豪华大商店，这种尴尬局面无从感受。

讲到穿衣服，听说要"赶潮"，就是要赶上时代潮流，每季每年都有流行型式或款式，我对这些都是完全的外行。我有我的老主意：以不变应万变。一身蓝色的卡其布中山装，春、夏、秋、冬，永不变化。所以我的开支项下，根本没有衣服这一项。你别说，我们那一套"三十年河东，三十年河西"的"哲学"，有时对衣着型式也起作用。我曾于1946年在上海买过一件雨衣，至今仍然穿。有的专家说："你这件雨衣的款式真时髦！"我听了以后，大感不解。经专家指点，原来五十多年流行的款式经过了漫长的沧桑岁月，经过了不知道多少变化，现在又在螺旋式上升的规律的指导下，回到了五十年前款式。我恭听之余，大为兴奋。我守株待兔，终于守到了。人类在衣着方面的一点小聪明，原来竟如此脆弱！

　　我在本文一开头就说，在消费方面我决不是一个典型的代表。看了我自己的叙述，一定会同意我这个说法的。但是，人类社会极其复杂，芸芸众生，有一箪食一瓢饮者；也有食前方丈，一掷千金者。绫罗绸缎、皮尔·卡丹，燕窝鱼翅、生猛海鲜，这样的人当然也会有的。如果全社会都是我这一号人，则所有的大百货公司都会关张的，那岂不太可怕了吗？所以，我并不提倡大家以我为师，我不敢这样狂妄。不过，话又说了回来，我仍然认为：吃饭穿衣是为了活着，但是活着决不是为了吃饭穿衣。

原载《东方经济》1997年第4期

开卷有益

> 在当今信息爆炸的时代中，我们必须及
> 时得到信息。只有这样，人才能潇洒地生活
> 下去，否则将适得其反。

这是一句老生常谈。如果要追溯起源的话，那就要追到一位皇帝身上。宋王辟之《渑水燕谈录》卷六：

（宋）太宗日阅《（太平）御览》三卷，因事有缺，暇日追补之。尝曰："开卷有益，朕不以为劳也。"

这一段话说不定也是"颂圣"之辞，不尽可信。然而我宁愿信其有，因为它真说到点子上。

鲁迅先生有时候说："随便翻翻。"我看意思也一样。他之所以能博闻强记，博古通今，与"随便翻翻"是有密切联系的。

　　"卷"指的是书，"随便翻翻"也指的是书。书为什么能有这样大的威力呢？自从人类创造了语言，发明了文字，抄成或印成了书，书就成了传承文化的重要载体。人类要生存下去，文化就必须传承下去，因而书也就必须读下去。特别是在当今信息爆炸的时代中，我们必须及时得到信息。只有这样，人才能潇洒地生活下去，否则将适得其反。信息怎样得到呢？看能得到信息，听也能得到信息，而读书仍然是重要的信息源，所以非读书不可。

　　什么人需要读书呢？在将来人类共同进入大同之域时，人人都一定要而且肯读书的，以此为乐，而不以此为苦。在眼前，我们还做不到这一步。如今有个别的"大款"，也同刘邦和项羽一样，是不读书的。不读书照样能够发大财。然而，我认为，这只是暂时的现象，相信不久就会改变。传承文化不能寄希望于这些人身上，而只能寄托在已毕业或尚未毕业的大学生身上。他们是我们的希望，他们代表着我们的未来。大学生们肩上的担子重啊！他们是任重而道远。为了人类的继续生存，为了前对得起祖先，后对得起子孙，大学生们（当然还有其他一些人）必须读书。这已是天经地义，无须争辩。

　　根据我同北京大学学生的接触和我对他们的观察，绝大多数的学生还是肯读书的。他们有的说，自己感到迷惘，不知所从。他们成立了一些社团，共同探讨问题，研究人生，对人生的意义与价值感到兴趣。他们甚至想探究宇宙的奥秘。他们是肯思索的一代人，是可以信赖的极为可爱的一代年轻人。同他们在一起，我这个望九之年的老人也仿佛返老还童，心里溢满了青春活力。说这些青年不肯读书，是不符合实际情况的。

读什么样的书呢？自己专业的书当然要读，这不在话下。自己专业以外的书也应该"随便翻翻"，知识面越广越好，得到的信息越多越好，否则很容易变成鼠目寸光的人。鼠目寸光不但不利于自己专业的探讨，也不利于生存竞争，不利于自己的发展，最终为大时代所抛弃。

因此，我奉献给今天的大学生们一句话：开卷有益。

1994年4月5日

哥廷根

> 我常常到古城墙上来散步，在橡树的浓荫里，四面寂无人声，我一个人静坐沉思，成为哥廷根十年生活中最有诗意的一件事，至今忆念难忘。

我于1935年10月31日，从柏林到了哥廷根。原来只打算住两年，焉知一住就是十年整，住的时间之长，在我的一生中，仅次于济南和北京，成为我的第二故乡。

哥廷根是一个小城，人口只有十万，而流转迁移的大学生有时会到二三万人，是一个典型的大学城。大学已有几百年的历史，德国学术史和文学史上许多显赫的名字，都与这所大学有关。以他们的名字命名的街道，到处都是。让你一进城，就感到洋溢全城的文化气和学术气，仿佛是一个学术乐园，文化净土。

哥廷根素以风景秀丽闻名全德。东面山林密布。一年四季，绿草如茵。即使冬天下了雪，绿草埋在白雪下，依然翠绿如春。此地，冬天不冷，夏天不热，从来没遇到过大风。既无扇子，也无蚊帐，苍蝇、蚊子成了稀有动物，跳蚤、臭虫更是闻所未闻。街道洁净得邪性，你躺在马路上打滚，决不会沾上任何一点尘土。家家的老太婆用肥皂刷洗人行道，已成为家常便饭。在城区中心，房子都是中世纪的建筑，至少四五层。人们置身其中，仿佛回到了中世纪去。古代的城墙仍然保留着，上面长满了参天的橡树。我在清华念书时，喜欢读德国短命抒情诗人荷尔德林（Hölderlin）的诗歌，他似乎非常喜欢橡树，诗中经常提到它。可是我始终不知道，橡树是什么样子。今天于无意中遇之，喜不自胜。此后，我常常到古城墙上来散步，在橡树的浓荫里，四面寂无人声，我一个人静坐沉思，成为哥廷根十年生活中最有诗意的一件事，至今忆念难忘。

　　我初到哥廷根时，人地生疏。老学长乐森先生到车站去接我，并且给我安排好了住房。房东姓欧朴尔（Oppel），老夫妇俩，只有一个儿子。儿子大了，到外城去上大学，就把他住的房间租给我。男房东是市政府的一个工程师，一个典型的德国人，老实得连话都不大肯说。女房东大约有五十来岁，是一个典型的德国家庭妇女，受过中等教育，能欣赏德国文学，喜欢德国古典音乐，趣味偏于保守，一提到爵士乐，就满脸鄙夷的神气，冷笑不止。她有德国妇女的一切优点：善良、正直，能体贴人，有同情心。但也有一些小小的不足之处，比如，她有一个最好的朋友，一个寡妇，两个人经常来往。有一回，她这位女友看到她新买的一顶帽子，喜欢得不得了，想照样买上一顶，她就大为不满，对我讲了她对这位女友的许多不满意的话。原来西方妇女——在某些方面，男人也一样——

绝对不允许别人戴同样的帽子，穿同样的衣服。这一点我们中国人无论如何也是难以理解的。从这里可以看出，我这位女房东小市民习气颇浓。然而，瑕不掩瑜，她是我生平遇到的最好的妇女之一，善良得像慈母一般。

我就是在这样一个只有一对老夫妇的德国家庭里住了下来，同两位老人晨昏相聚，成为这个家庭的一员，一住就是十年，没有搬过一次家。我在这里先交待这个家庭的一般情况，细节以后还要谈到。

我初到哥廷根时的心情怎样呢？为了真实起见，我抄一段我到哥廷根后第二天的日记：

终于又来到哥廷根了。这以后，在不安定的漂泊生活里会有一段比较长一点的安定的生活。我平常是喜欢做梦的，而且我还自己把梦涂上种种的彩色。最初我做到德国来的梦，德国是我的天堂，是我的理想国。我幻想德国有金黄色的阳光，有Wahrheit（真），有Schönheit（美）。我终于把梦捉住了，我到了德国。然而得到的是失望和空虚。我的一切希望都泡影似的幻化了去。然而，立刻又有新的梦浮起来。我梦想，我在哥廷根，在这比较长一点的安定的生活里，我能读一点书，读点古代有过光荣而这光荣将永远不会消灭的文字。现在又终于到了哥廷根了。我不知道我能不能捉住这梦。其实又有谁能知道呢？

1935年11月1日

从这一段日记里可以看出，我当时眼前仍然是一片迷茫，还没有找到自己要走的道路。

清华颂

> 对我来说，清华园这一幅母亲的形象，这一首美丽的诗，将在我要走的道路上永远伴随着我，永远占据着我的心灵。

清华园，永远占据着我的心灵。回忆起清华园，就像回忆我的母亲。

又怎能不这样呢？我离开清华已经四十多年了，中间只回去两三次。但是每次回到清华园，就像回到我母亲的身边，我内心深处油然起幸福之感。在清华的四年生活，是我一生中最难忘、最愉快的四年。在那时候，我们国家民族正处在危急存亡的紧急关头，清华园也不可能成为世外桃源。但是园子内的生活始终是生气勃勃的，充满了活力的。民主的气氛，科学的传统，始终占着主导的地位。我同广大的清华校友一样，现在所以有这一点点知识，难道不就是在清华园中打下的基础吗？离开清华以后，我当然也学习了不少的新知识，但是在每一个阶段，只要我感觉到学习有所收获，我立刻想到清华园，没有在那里打下的基础，所有这一切都是不可能的。

但是清华园却不仅仅是像我的母亲，而且像一首美丽的诗，它永远占据着我的心灵。

又怎能不这样呢？清华园这名称本身就充满了诗意。它的自然风光又是无限地美妙。每当严冬初过，春的信息，在清华园要比别的地方来得早，阳光似乎比别的地方多。这里的青草从融化过的雪地里探出头来，我们就知道：春天已经悄悄地来了。过不了多久，满园就开满了繁花，形成了花山、花海。再一转眼，就听到满园蝉声，荷香飘溢。等到蝉声消逝，荷花凋零，红叶又代替了红花，"霜叶红于二月花"。明月之夜，散步荷塘边上，充分享受朱自清先生所特别欣赏的"荷塘月色"。待到红叶落尽，白雪渐飘，满园就成了银妆玉塑，"既然冬天已经到了，春天还会远吗？"我们就盼望春天的来临了。在这四时变换、景色随时改变的情况下，有一个永远不变的背景，那就是西山的紫气。"烟光凝而暮山紫"，唐朝王勃已在一千多年以前赞美过这美妙绝伦的紫色了。这样，清华园不是一首诗而是什么呢？

在人生的道路上，我已经走了不短的一段路。看来我要走的道路也还不会是很短很短的，对我来说，清华园这一幅母亲的形象，这一首美丽的诗，将在我要走的道路上永远伴随着我，永远占据着我的心灵。

1981年1月22日

月是故乡明

> 思乡之病，说不上是苦是乐，其中有追忆，有惆怅，有留恋，有惋惜。流光如逝，时不再来。在微苦中实有甜美在。

每个人都有个故乡，人人的故乡都有个月亮。人人都爱自己故乡的月亮。事情大概就是这个样子。

但是，如果只有孤零零一个月亮，未免显得有点孤单。因此，在中国古代诗文中，月亮总有什么东西当陪衬，最多的是山和水，什么"山高月小""三潭印月"等，不可胜数。

我的故乡是在山东西北部大平原上。我小的时候，从来没有见过山，也不知山为何物，我曾幻想，山大概是一个圆而粗的柱子吧，顶天立地，好不威风。以后到了济南，才见到山，恍然大悟：山原来是这个样子呀。因此，我在故乡里望月，从来不同山联系。像苏东坡说的"月出于东山之上，徘徊于斗牛之间"，完全是我无法想象的。

至于水，我的故乡小村却大大地有。几个大苇坑占了小村面积一多半。在我这个小孩子眼中，虽不能像洞庭湖"八月湖水平"那样有气派，但也颇有一点烟波浩渺之势。到了夏天，黄昏以后，我在坑边的场院里躺在地上，数天上的星星。有时候在古柳下面点起篝火，然后上树一摇，成群的知了飞落下来。比白天用嚼烂的麦粒去粘要容易得多。我天天晚上乐此不疲，天天盼望黄昏早早来临。

到了更晚的时候，我走到坑边，抬头看到晴空一轮明月，清光四溢，与水里的那个月亮相映成趣。我当时虽然还不懂什么叫诗兴，但也顾而乐之，心中油然有什么东西在萌动。有时候在坑边玩很久，才回家睡觉。在梦中见到两个月亮叠在一起，清光更加晶莹澄澈。第二天一早起来，到坑边苇子丛里去捡鸭子下的蛋，白白地一闪光，手伸向水中，一摸就是一个蛋。此时更是乐不可支了。

我只在故乡呆了六年，以后就离乡背井，飘泊天涯。在济南住了十多年，在北京度过四年，又回到济南呆了一年。然后在欧洲住了近十一年，重又回到北京，到现在已经四十多年了。在这期间，我曾到过世界上将近三十个国家。我看过许许多多的月亮。在风光旖旎的瑞士莱芒湖上，在平沙无垠的非洲大沙漠中，在碧波万顷的大海中，在巍峨雄奇的高山上，我都看到过月亮，这些月亮应该说都是美妙绝伦的，我都异常喜欢。但是，看到它们，我立刻就想到我故乡中那个苇坑上面和水中的那个小月亮。对比之下，无论如何我也感到，这些广阔世界的大月亮，万万比不上我那心爱的小月亮。不管我离开我的故乡多少万里，我的心立刻就飞来了。我的小月亮，我永远忘不掉你！

　　我现在已经年近耄耋。住的朗润园是燕园胜地。夸大一点说，此地有茂林修竹，绿水环流，还有几座土山，点缀其间。风光无疑是绝妙的。前几年，我从庐山休养回来，一个同在庐山休养的老朋友来看我。他看到这样的风光，慨然说："你住在这样的好地方，还到庐山去干嘛呢！"可见朗润园给人印象之深。此地既然有山，有水，有树，有竹，有花，有鸟，每逢望夜，一轮当空，月光闪耀于碧波之上，上下空濛，一碧数顷，而且荷香远溢，宿鸟幽鸣，真不能不说是赏月胜地。荷塘月色的奇景，就在我的窗外。不管是谁来到这里，难道还能不顾而乐之吗？

　　然而，每值这样的良辰美景，我想到的却仍然是故乡苇坑里的那个平凡的小月亮。见月思乡，已经成为我经常的经历。思乡之病，说不上是苦是乐，其中有追忆，有惆怅，有留恋，有怅惜。流光如逝，时不再来。在微苦中实有甜美在。

　　月是故乡明。我什么时候能够再看到我故乡里的月亮呀！我怅望南天，心飞向故里。

1989年11月3日

槐花

> 一定要同客观存在的东西保持一定的距
> 离，才能客观地去观察。难道我们就不能有
> 意识地去改变这种习惯吗？难道我们就不能
> 永远用新的眼光去看待一切事物吗？

自从移家朗润园，每年在春夏之交的时候，我一出门向西走，总是清香飘拂，溢满鼻官。抬眼一看，在流满了绿水的荷塘岸边，在高高低低的土山上面，就能看到成片的洋槐，满树繁花，闪着银光；花朵缀满高树枝头，开上去，开上去，一直开到高空，让我立刻想到新疆天池上看到的白皑皑的万古雪峰。

这种槐树在北方是非常习见的树种。我虽然也陶醉于氤氲的香气中，但却从来没有认真注意过这种花树——惯了。

有一年，也是在这样春夏之交的时候，我陪一位印度朋友参观北大校园。走到槐花树下，他猛然用鼻子吸了吸气，抬头看了看，

眼睛瞪得又大又圆。我从前曾看到一幅印度人画的人像，为了夸大印度人眼睛之大，他把眼睛画得扩张到脸庞的外面。这一回我真仿佛看到这一位印度朋友瞪大了的眼睛扩张到面孔以外来了。

"真好看呀！这真是奇迹！"

"什么奇迹呀？"

"你们这样的花树。"

"这有什么了不起？我们这里多得很。"

"多得很就不了不起了吗？"

我无言以对，看来辩论下去已经毫无意义了。可是他的话却对我起了作用：我认真注意槐花了，我仿佛第一次见到它，非常陌生，又似曾相识。我在它身上发现了许多新的以前从来没有发现的东西。

在沉思之余，我忽然想到，自己在印度也曾有过类似的情景。我在海德拉巴看到耸入云天的木棉树时，也曾大为惊诧。碗口大的红花挂满枝头，殷红如朝阳，灿烂似晚霞，我不禁大为慨叹：

"真好看呀！简直神奇极了！"

"什么神奇？"

"这木棉花。"

"这有什么神奇呢？我们这里到处都有。"

陪伴我们的印度朋友满脸迷惑不解的神气。我的眼睛瞪得多大，我自己看不到。现在到了中国，在洋槐树下，轮到印度朋友（当然不是同一个人）瞪大眼睛了。

在我们的日常生活中，我们都有这样一个经验：越是看惯了的东西，便越是习焉不察，美丑都难看出。这种现象在心理学上是容易解释的：一定要同客观存在的东西保持一定的距离，才能客观地去观察。难道我们就不能有意识地去改变这种习惯吗？难道我们就不能永远用新的眼光去看待一切事物吗？

　　我想自己先试一试看，果然有了神奇的效果。我现在再走过荷塘看到槐花，努力在自己的心中制造出第一次见到的幻想，我不再熟视无睹，而是尽情地欣赏。槐花也仿佛是得到了知己，大大小小、高高低低的洋槐，似乎在喃喃自语，又对我讲话。周围的山石树木，仿佛一下子活了起来，一片生机，融融氤氲。荷塘里的绿水仿佛更绿了；槐树上的白花仿佛更白了；人家篱笆里开的红花仿佛更红了。风吹，鸟鸣，都洋溢着无限生气。一切眼前的东西联在一起，汇成了宇宙的大欢畅。

1986年6月3日

第三章

糊涂一点，潇洒一点

古人说："文武之道，一张一弛。"

有张无弛不行，有弛无张也不行。

张弛结合，斯乃正道。

提倡糊涂一点，潇洒一点，

正是为了达到这个目的的。

世态炎凉

> 年龄越大，处境越坎坷，则对世态炎凉感受越深刻。反之，年龄越小，处境越顺利，则感受越肤浅。这是一条放诸四海而皆准的定理。

世态炎凉，古今所共有，中外所同然，是最稀松平常的事，用不着多伤脑筋。元曲《冻苏秦》中说："也索把世态炎凉心中暗忖。"《隋唐演义》中说："世态炎凉，古今如此。"不管是"暗忖"，还是明忖，反正你得承认这个"古今如此"的事实。

但是，对世态炎凉的感受或认识的程度，却是随年龄的大小和处境的不同而很不相同的，决非大家都一模一样。我在这里发现了一条定理：年龄大小与处境坎坷同对世态炎凉的感受成正比。年龄越大，处境越坎坷，则对世态炎凉感受越深刻。反之，年龄越小，处境越顺利，则感受越肤浅。这是一条放诸四海而皆准的定理。

　　我已到望九之年，在八十多年的生命历程中，一波三折，好运与多舛相结合，坦途与坎坷相混杂，几度倒下，又几度爬起来，爬到今天这个地步。我可是真正参透了世态炎凉的玄机，尝够了世态炎凉的滋味。有长达几年的一段时间，我成了燕园中一个"不可接触者"。走在路上，我当年辉煌时对我低头弯腰毕恭毕敬的人，那时却视若路人，没有哪一个敢或肯跟我说一句话的。我也不习惯于抬头看人，同人说话。我这个人已经异化为"非一人"。一天，我的孙子发烧到40度，老祖和我用破自行车推着到校医院去急诊。一个女同事竟吃了老虎心豹子胆似的，帮我这个已经步履蹒跚的花甲老人推了推车。我当时感动得热泪盈眶，如吸甘露，如饮醍醐。这件事、这个人我毕生难忘。

　　雨过天晴，云开雾散，我不但"官"复原职，而且还加官晋爵，又开始了一段辉煌。原来是门可罗雀，现在又是宾客盈门。你若问我有什么想法没有，想法当然是有的，一个忽而上天堂，忽而下地狱，又忽而重上天堂的人，哪能没有想法呢？我想的是：世态炎凉，古今如此。任何一个人，包括我自己在内，以及任何一个生物，从本能上来看，总是趋吉避凶的。因此，我没怪罪任何人，包括打过我的人。我没有对任何人打击报复，并不是由于我度量特别大，能容天下难容之事，而是由于我洞明世事，又反求诸躬。假如我处在别人的地位上，我的行动不见得会比别人好。

1997年3月19日

那提心吊胆的一年

> 我在自己屋里，再三考虑，甚至自我表演，暗诵台词。最后，我只有承认，我在这方面缺少天才，只好作罢。

这已经是过去的事情了。现在旧事重提，好像是捡起一面古镜。用这一面古镜照一照今天，才更能显出今天的光彩焕发。

二十多年以前，我在大学里学习了四年西方语言文学以后，带着满脑袋的荷马、但丁、莎士比亚和歌德，回到故乡母校高级中学去当国文教员。

当我走进学校大门的时候，我的心情是复杂的。可以说是一则以喜，一则以惧。喜的是我终于抓到了一个饭碗，这简直是绝处逢生；惧的是我比较熟悉的那一套东西现在用不上了，现在要往脑袋里面装屈原、李白和杜甫。

从一开始接洽这个工作，我脑子里就有一个问号：在那找饭碗如登天的时代里，为什么竟有一个饭碗自动地送上门来？我预感到这里面隐藏着什么危险的东西。但是，没有饭碗，就吃不成饭。我抱着铤而走险的心情想试一试再说。到了学校，才逐渐从别人的谈话中了解到，原来是校长想把本校的毕业生组织起来，好在对敌斗争中为他助一臂之力。我是第一届甲班的毕业生，又捞到了一张一个著名的大学的毕业证书；因此就被他看中，邀我来教书。英文教员满了额，就只好让我教国文。

就教国文吧。我反正是瘸子掉在井里，捞起来也是坐。只要有人敢请我，我就敢教。

但是，问题却没有这样简单。我要教三个年级的三个班，备课要顾三头，而且都是古典文学作品。我小时候虽然念过一些《诗经》《楚辞》，但是时间隔了这样久，早已忘得差不多了。现在要教人，自己就要先弄懂。可是，真正弄懂又不是一件轻而易举的事情。现在教国文的同事都是我从前的教员。我本来应该而且可以向他们请教的。但是，根据我的观察，现在我们之间的关系变了：不再是师生，而是饭碗的争夺者。在他们眼中，我几乎是一个眼中钉。即使我问他们，他们也不会告诉我的。我只好一个人单干。我日夜抱着一部《辞源》，加紧备课。有的典故查不到，就成天半夜地绕室彷徨。窗外校园极美，正盛开着木槿花。在暗夜中，阵阵幽香破窗而入。整个宇宙都静了下来，只有我一人还不能宁静。我又仿佛为人所遗弃，很想到什么地方去哭上一场。

我的老师们也并不是全不关心他们的老学生。我第一次上课以前，他们告诉我，先要把学生的名字都看上一遍，学生名字里常常出现一些十分生僻的字，有的话就查一查《康熙字典》。如果第一堂就念不出学生的名字，在学生心目中这个教员就毫无威信，不容易当下去，影响到饭碗。如果临时发现了不认识的字，就不要点这个名。点完后只需问上一声："还有没点到名的吗？"那一个学生一定会举手站起来。然后再问一声："你叫什么名字呀？"他自己一报名，你也就认识了那一个字。如此等等，威信就可以保得十足。

这虽是小小的一招，我却是由衷感激。我教的三个班果然有几个学生的名字连《辞源》上都查不到。如果没有这一招，我的威信恐怕一开始就破了产，连一年教员也当不成了。

可是课堂上也并不总是平静无事。我的学生有的比我还大，从小就在家里念私塾，旧书念得很不少。有一个学生曾对我说："老师，我比你大五岁哩。"说罢嘿嘿一笑，我觉得里面有威胁，有嘲笑。比我大五岁，又有什么办法呢？我这老师反正还要当下去。

当时好像有一种风气：教员一定要无所不知。学生以此要求教员，教员也以此自居。在课堂上，教员决不能承认自己讲错了，决不能有什么问题答不出。否则就将为学生所讥笑。但是像我当时那样刚从外语系毕业的大娃娃教国文怎能完全讲对呢？怎能完全回答同学们提出来的问题呢？有时候，只好王顾左右而言他；被逼得紧了，就硬着头皮，乱说一通。学生究竟相信不相信，我不清楚。反正他们也不是傻子，老师究竟多轻多重，他们心中有数。我自己十分痛苦。下班回到寝室，思前想后，坐立不安。孤苦寂寥之感又突然袭来，我又仿佛为人们所遗弃，想到什么地方去哭上一场。

　　别的教员怎样呢？他们也许都有自己的烦恼，家家有一本难念的经。但是有几个人却是整天价满面春风，十分愉快。我有时候也从别人嘴里听到一些风言风语，说某某人陪校长太太打麻将了，某某人给校长送礼了，某某人请校长夫妇吃饭了。

　　我立刻想到自己的饭碗，也想学习他们一下。但是，却来了问题：买礼物，准备酒席，都不是极困难的事情。可是，怎样送给人家呢？怎样请人家？如果只说："这是礼物，我要送给你。"或者："我要请你吃饭。"虽然也难免心跳脸红，但我自问还干得了。可是，这显然是不行的，事情并没有这样简单，一定还要要一些花样。这就是我力所不能及的事情了。我在自己屋里，再三考虑，甚至自我表演，暗诵台词。最后，我只有承认，我在这方面缺少天才，只好作罢。我仿佛看到自己手里的饭碗已经有点飘动。我真想到什么地方去哭上一场。

　　就这样，半年过去了。到了放寒假的时候，一位河南籍的物理教员，因为靠山教育厅的一位科长垮了台，就要被解聘。校长已经托人暗示给他，他虽然没有出路，也只有忍痛辞职。我们校长听了，故意装得大为震惊，三番两次到这位教员屋里去挽留，甚至声泪俱下，最后还表示要与他共进退。我最初只是一位旁观者，站在旁边看校长的表演艺术，欣赏他的表演天才。但是，看来看去，我自己竟糊涂起来，我给校长的真挚态度所感动了。我也自动地变成演员，帮着校长挽留他。那位教员阅历究竟比我深，他不为所动，还是卷了铺盖。因为他知道，连他的继任人选都已经安排好了。

　　我又长了一番见识，暗暗地责备自己糊涂。同时，我也不寒而栗，将来会不会有一天校长也要同我"共进退"呢？

也就在这时候，校长大概逐渐发现，在我这个人身上，他失了眼力，看错了人。我到了学校以后，虽然也在别人的帮助（毋宁说是牵引）下，把高中毕业同学组织起来，并且被选为什么主席。但是，从那以后，就一点活动也没有。我确实不知道，应该活动一些什么。虽然我绞尽脑汁，办法就是想不出。这样当然就与校长原意相违了。他表面上待我还是客客气气。只是有一次在有意和无意之间他对我说道："你很安静。"什么叫做"安静"呢？别人恐怕很难体会这两个字的意思，我却是能体会的。我回到寝室，又绕室彷徨。"安静"两个字给我以大威胁。我的饭碗好像就与这两个字有关。我又仿佛为人所遗弃，想到什么地方去哭上一场。

春天早过，夏天又来，这正是中学教员最紧张的时候。在教员休息室里，经常听到一些窃窃私语："拿到了没有？"不用说拿到什么，大家都了解，这指的是下学期的聘书。有的神色自若，微笑不答。这都是有办法的人，与校长关系密切，或者属于校长的基本队伍。只要校长在，他们决不会丢掉饭碗。有的就神色仓皇，举止失措。这样的人没有靠山，饭碗掌握在别人手里，命定是一年一度紧张。我把自己归入这一类。我的神色如何，自己看不见，但是心情自己是知道的。校长给我下的断语："安静"，我觉得，就已经决定了我的命运。但我还侥幸有万一的幻想，因此在仓皇中还有一点镇静。

但是，这镇静是不可靠的。我心里的滋味实际上同一年前大学将要毕业时差不多。我见了人，不禁也窃窃私语："拿到了没有？"我不喜欢那些神态自若的人。我只愿意接近那些神色仓皇的人。只有对这一些人我才有同病相怜之感。

这时候，校园更加美丽了。木槿花虽还开放，但已经长满了绿油油的大叶子。玫瑰花开得一丛一丛的，池塘里的水浮莲已经开出黄色的花朵。"小园香径独徘徊"，是颇有诗意的。可惜我什么诗意都没有。我耳边只有一个声音："拿到了没有？"我觉得，大地茫茫，就是没有我的容身之处。我又想到什么地方去哭上一场。

这事情已经过去了二十多年。但是，每一回忆起那提心吊胆的情况，就历历如在眼前，我真是永世难忘。现在把它写了出来，算是送给今年毕业同学的一件礼物，送给他们一面镜子。在这里面，可以照见过去与现在，可以照出自己应该走的道路。

1963年7月21日

送礼

> 送礼是一门学问，送礼给官长更是这门学问里面最深奥的，须要经过长期的研究简练揣摩，再加上实习，方能得到其中的奥秘。

我们中国究竟是礼义之邦，所以每逢过年过节，或有什么红白喜事，大家就忙着送礼。既然说是"礼"，当然是向对方表示敬意的。譬如说，一个朋友从杭州回来，送给另外一个朋友一只火腿，二斤龙井；知己的还要亲自送了去，免得受礼者还要赏钱，你能说这不是表示亲热么？又如一个朋友要结婚，但没有钱，于是大家凑个份子送了去，谁又能说这是坏事呢？

事情当然是好事情，而且想起来极合乎人情，一点也不复杂；然而实际上却复杂艰深到万分，几乎可以独立成一门学问：送礼学。第一，你先要知道送应节的东西，譬如你过年的时候，提了几瓶子汽水，一床凉席去送人，这不是故意开玩笑吗？还有五月节送月饼，八月节送粽子，最少也让人觉得你是外行。第二，你还要是一个好的心理学家，能观察出对方的心情和爱好来。对方倘若喜欢吸烟，你不妨提了几听三炮台恭恭敬敬送了去，一定可以得到青睐。对方要是喜欢杯中物，你还要知道他是维新派或保守派。前者当然要送法国的白兰地，后者本地产的白干或五加皮也就行了。倘若对方的思想"前进"，你最好订一份《文汇报》送了去，一定不会退回的。

但这还不够，买好了应时应节的东西，对方的爱好也揣摩成熟了，又来了怎样送的问题。除了很知己的以外，多半不是自己去送，这与面子有关系；于是就要派听差，而这个听差又必须是个好的外交家，机警、坚忍、善于说话，还要一副厚脸皮；这样才能不辱使命。拿了东西去送礼，论理说该到处受欢迎，但实际上却不然。受礼者多半喜欢节外生枝。东西虽然极合心意，却偏不立刻收下。据说这也与面子有关系。听差把礼物送进去，要沉住气在外面等。一会，对方的听差出来了，把送去的礼物又提出来，说："我们老爷太太谢谢某老爷太太，盛意我们领了，礼物不敢当。"倘若这听差真信了这话，提了东西就回家来，这一定糟，说不定就打破饭碗。但外交家的听差却绝不这样做。他仍然站着不走，请求对方的听差再把礼物提进去。这样往来斗争许久。对方或全收下，或只收下一半，只要与临来时老爷太太的密令不冲突，就可以安然接了赏钱回来了。

上面说的可以说是常态的送礼。可惜（或者也并不可惜）还有变态的。我小的时候，我们街上住着一个穷人，大家都喊他"地方"，有学问的人说，这就等于汉朝的亭长。每逢年节的早上，我们的大门刚一开，就会看到他笑嘻嘻地一手提了一只鸡，一手提了两瓶酒，跨进大门来。鸡咯咯地大吵大嚷，酒瓶上的红签红得眩人眼睛。他嘴里却喊着："给老爷太太送礼来了。"于是我婶母就立刻拿出几毛钱来交给老妈子送出去。这"地方"接了钱，并不像一般送礼的一样，还要努力斗争，却仍旧提了鸡和瓶子笑嘻嘻地走到另一家去喊去了。这景象我一年至少见三次，后来也就不以为奇了。但有一年的某一个节日的清晨，却见这位"地方"愁容满面地跨进我们的大门，嘴里不喊"给老爷太太送礼来了"，却拉了我们的老妈子交头接耳说了一大篇，后来终于放声大骂起来。老妈子进去告诉了我婶母，仍然是拿了几毛钱送出来。这"地方"道了声谢，出了大门，老远还听到他的骂声。后来老妈子告诉我，他的鸡是自己养了预备下蛋的，每逢过年过节，就暂且委屈它一下，被缚了双足倒提着陪他出来逛大街。玻璃瓶子里装的只是水，外面红签是向铺子里借用的。"地方"送礼，在我们那里谁都知道他的用意。所以从来没有收的。他跑过一天，衣袋塞满了钞票才回来，把瓶子里的水倒出来，把鸡放开。它在一整天"陪绑"之余，还忘不了替他下一个蛋。但今年这"地方"倒运。向第一家送礼，就遇到一家才搬来的外省人。他们竟老实不客气地把礼物收下了。这怎能不让这"地方"愤愤呢？他并不是怕瓶子里的凉水给他泄漏真相，心痛的还是那只鸡。

　　另外一种送礼法也很新奇，虽然是"古已有之"的。我们常在笔记小说里看到，某一个督抚把金子装到坛子里当酱菜送给京里的某一位王公大人。这是古时候的事，但现在也还没有绝迹。我的一位亲戚在一个县衙门里做事，因了同县太爷是朋友，所以地位很重要。在晚上回屋睡觉的时候，常常在棉被下面发见一堆银元或别的值钱的东西。有时候不知道，把这堆银元抖到地上，哗啦一声，让他吃一惊。这都是送来的"礼"。

这样的"礼"当然不是每个人都有资格接受的。他一定是个什么官，最少也要是官的下属，能让人生，也能让人死，所以才有人送这许多金子银元来。官都讲究面子，虽然要钱，却不能干脆当面给他。于是就想出了这种种的妙法。我上面已经提到送礼是一门学问，送礼给官长更是这门学问里面最深奥的，须要经过长期的研究简练揣摩，再加上实习，方能得到其中的奥秘。能把钱送到官长手中，又不伤官长的面子，能做到这一步，才算是得其门而入了。也有很少的例外，官长开口向下面要一件东西，居然竟得不到。以前某一个小官藏有一颗古印，他的官长很喜欢，想拿走。他跪在地上叩头说："除了我的太太和这块古印以外，我没有一件东西不能与大人共享的。"官长也只好一笑置之了。

普通人家送礼没有这样有声有色，但在平庸中有时候也有杰作。有一次我们家把一盒有特别标志的点心当礼物送出去。隔了一年，一个相熟的胖太太到我们家来拜访，又恭而敬之把这盒点心提给我们，嘴里还告诉我们：这都是小意思，但点心是新买的，可以尝尝。我们当时都忍不住想笑，好歹等这位胖太太走了，我们就动手去打开。盒盖一开，立刻有一股奇怪的臭味从里面透出来。再把纸揭开，点心的形状还是原来的，但上面满是小的飞蛾，一块也不能吃了，只好掷掉。在这一年内，这盒点心不知代表了多少人的盛意，被恭恭敬敬地提着或托着从一家到一家，上面的签和铺子的名字不知换过了多少次，终于又被恭而敬之提回我们家来。"解铃还是系铃人"，我们还要把它丢掉。

　　我虽然不怎样赞成这样送礼，但我觉得这办法还算不坏。因为只要有一家出了钱买了盒点心就会在亲戚朋友中周转不息，一手收进来，再一手送出去，意思表示了，又不用花钱。不过这样还是麻烦，还不如仿效前清御膳房的办法，用木头刻成鸡鱼肉肘，放在托盘里，送来送去，你仍然不妨说："这鱼肉都是新鲜的。一点小意思，千万请赏脸。"反正都是"彼此彼此，诸位心照不宣"。绝对不会有人来用手敲一敲这木头鱼肉的。这样一来，目的达到了，礼物却不霉坏，岂不是一举两得？在我们这喜欢把最不重要的事情复杂化了的礼义之邦，我这发明一定有许多人欢迎，我预备立刻去注册专利。

1947年7月

容忍

在公共汽车上，挤挤碰碰是常见的现象。如果碰了或者踩了别人，连忙说一声："对不起！"就能够化干戈为玉帛，然而有不少人连"对不起"都不会说了。

人处在家庭和社会中，有时候恐怕需要讲点容忍的。

唐朝有一个姓张的大官，家庭和睦，美名远扬，一直传到了皇帝的耳中。皇帝赞美他治家有道，问他道在何处，他一气写了一百个"忍"字。这说得非常清楚：家庭中要互相容忍，才能和睦。这个故事非常有名。在旧社会，新年贴春联，只要门楣上写着"百忍家声"就知道这一家一定姓张。中国姓张的全以祖先的容忍为荣了。

但是容忍也并不容易。1935年，我乘西伯利亚铁路的车经苏联赴德国，车过中苏边界上的满洲里，停车四小时，由苏联海关检查行李。这是无可厚非的，入国必须检查，这是世界公例。但是，当时的苏联大概认为，我们这一帮人，从一个资本主义国家到另一个资本主义国家，恐怕没有好人，必须严查，以防万一。检查其他行李，我决无意见。但是，在哈尔滨买的一把最粗糙的铁皮壶，却成了被检查的首要对象。这里敲敲，那里敲敲，薄薄的一层铁皮决藏不下一颗炸弹的，然而他却敲打不止。我真有点无法容忍，想要发火。我身旁有一位年老的老外，是与我们同车的，看到我的神态，在我耳旁悄悄地说了句：Patience is the great virtue（容忍是很大的美德）。我对他微笑，表示致谢。我立即心平气和，天下太平。

看来容忍确是一件好事，甚至是一种美德。但是，我认为，也必须有一个界限。我们到了德国以后，就碰到这个问题。旧时欧洲流行决斗之风，谁污辱了谁，特别是谁的女情人，被污辱者一定要提出决斗。或用手枪，或用剑。普希金就是在决斗中被枪打死的。我们到了的时候，此风已息；但仍发生。我们几个中国留学生相约：如果外国人污辱了我们自身，我们要揣度形势，主要要容忍，以东方的恕道克制自己。但是，如果他们污辱我们的国家，则无论如何也要同他们玩儿命，决不容忍。这就是我们容忍的界限。幸亏这样的事情没有发生，否则我就活不到今天在这里舞笔弄墨了。

现在我们中国人的容忍水平，看了真让人气短。在公共汽车上，挤挤碰碰是常见的现象。如果碰了或者踩了别人，连忙说一声"对不起"就能够化干戈为玉帛，然而有不少人连"对不起"都不会说了。于是就相吵相骂，甚至于扭打，甚至打得头破血流。我们这个伟大的民族怎么竟变成了这个样子！我在自己心中暗暗祝愿：容忍兮，归来！

1996年12月17日

谈礼貌

> 富者有礼高贵，贫者有礼免辱，父子有
> 礼慈孝，兄弟有礼和睦，夫妻有礼情长，朋
> 友有礼义笃，社会有礼祥和。

眼下，即使不是百分之百的人，也是绝大多数的人，都抱怨现在社会上不讲礼貌。这完全有事实做根据的。前许多年，当时我腿脚尚称灵便，出门乘公共汽车的时候多，几乎每一次我都看到在车上吵架的人，甚至动武的人，起因都是微不足道的：你碰了我一下，我踩了你的脚，如此等等。试想，在拥拥挤挤的公共汽车上，谁能不碰谁呢？这样的事情也值得大动干戈吗？

曾经有一段时间，有关的机关号召大家学习几句话："谢谢！""对不起！"等，就是针对上述的情况而发的。其用心良苦，然而我心里却觉得不是滋味。一个有五千年文明的堂堂大国竟要学习幼儿园孩子们学说的话，岂不大可哀哉！

有人把不讲礼貌的行为归咎于新人类或新新人类。我并无资格成为新人类的同党，我已经是属于博物馆的人物了。但是，我却要为他们打抱不平。在他们诞生以前，有人早著了先鞭。不过，话又要说回来。新人类或新新人类确实在不讲礼貌方面有所创造，有所前进，他们发扬光大这种并不美妙的传统，他们（往往是一双男女）在光天化日之下，车水马龙之中，拥抱接吻，旁若无人，洋洋自得，连在这方面比较不拘细节的老外看了都目瞪口呆，惊诧不已。古人说："闺房之内，有甚于画眉者。"这是两口子的私事，谁也管不着。但这是在闺房之内的事，现在竟几乎要搬到大街上来，虽然还没有到"甚于画眉"的水平，可是已经很可观了。新人类还要新到什么程度呢？

如果一个人孤身住在深山老林中，你愿意怎样都行。可我们是处在社会中，这就要讲究点人际关系。人必自爱而后人爱之。没有礼貌是目中无人的一种表现，是自私自利的一种表现，如果这样的人多了，必然产生与社会不协调的后果。千万不要认为这是个人小事而掉以轻心。

现在国际交往日益频繁，不讲礼貌的恶习所产生的恶劣影响，已经不局限于国内，而是会流布全世界。前几年，我看到过一个电视片，是由一个意大利著名摄影家拍摄的，主题是介绍北京情况的。北京的名胜古迹当然都包罗无遗，但是，我的眼前忽然一亮：一个光着膀子的胖大汉骑自行车双手撒把，作打太极拳状，飞驰在天安门前宽广的大马路上，给人的形象是野蛮无礼。这样的形象并不多见，然而却没有逃过一个老外的眼光。我相信，这个电视片是会在全世界都放映的。它在外国人心目中会产生什么影响，不是一清二楚了吗？

最后，我想当一个文抄公，抄一段香港《大公报》上的话："富者有礼高贵，贫者有礼免辱，父子有礼慈孝，兄弟有礼和睦，夫妻有礼情长，朋友有礼义笃，社会有礼祥和。"

2001年1月29日

傻瓜

> 不自作聪明，不把别人当傻瓜，从而自
> 己也就不是傻瓜。哪一个时代，哪一个社
> 会，只要能做到这一步，全社会就都是聪明
> 人，没有傻瓜，全社会也就会安定团结。

天下有没有傻瓜？有的，但却不是被别人称作"傻瓜"的人，而是认为别人是傻瓜的人，这样的人自己才是天下最大的傻瓜。

我先把我的结论提到前面明确地摆出来，然后再条分缕析地加以论证。这有点违反胡适之先生的"科学方法"。他认为，这样做是西方古希腊亚里士多德首倡的演绎法，是不科学的。科学的做法是他和他老师杜威的归纳法，先不立公理或者结论，而是根据事实，用"小心的求证"的办法，去搜求证据，然后才提出结论。

我在这里实际上并没有违反"归纳法"。我是经过了几十年的观察与体会，阅尽了芸芸众生的种种相，去粗取精，去伪存真以

后，才提出了这样的结论。为了凸现它的重要性，所以提到前面来说。

闲言少叙，书归正传。有一些人往往以为自己最聪明，他们争名于朝，争利于市，锱铢必较，斤两必争。如果用正面手段，表面上的手段达不到目的的话，则也会用些负面的手段，暗藏的手段，来蒙骗别人，以达到损人利己的目的。结果怎样呢？结果是：有的人真能暂时得逞，"春风得意马蹄疾，一日看遍长安花"。大大地辉煌了一阵，然后被人识破，由座上客一变而为阶下囚。有的人当时就能丢人现眼。《红楼梦》中有两句话说："机关算尽太聪明，反误了卿卿性命。"这话真说得又生动，又真实。我决不是说，世界上人人都是这样子，但是，从中国到外国，从古代到现代，这样的例子还算少吗？

原因何在？原因就在于：这些人都把别人当成了傻瓜。

我们中国有几句尽人皆知的俗话："善有善报，恶有恶报；不是不报，时候未到；时候一到，一切皆报。"这真是见道之言。把别人当傻瓜的人，归根结底，会自食其果。古代的统治者对这个道理似懂非懂。他们高叫："民可使由之，不可使知之。"这是想把老百姓当傻瓜，但又很不放心，于是派人到民间去采风，采来了不少政治讽刺歌谣。杨震是聪明人，对向他行贿者讲出了"四知"。他知道得很清楚：除了天知、地知、你知、我知之外，不久就会有一个第五知：人知。他是不把别人当作傻瓜的，还是老百姓最聪明。他们中的聪明人说："若要人不知，除非己莫为。"他们不把别人当傻瓜。

　　可惜把别人当傻瓜的现象，自古亦然，于今犹烈。救之之道只有一条：不自作聪明，不把别人当傻瓜，从而自己也就不是傻瓜。哪一个时代，哪一个社会，只要能做到这一步，全社会就都是聪明人，没有傻瓜，全社会也就会安定团结。

1997年3月11日

毁誉

> 最好是各人自是其是，而不必非人之
> 非。俗语说："各扫自家门前雪，不管他
> 人瓦上霜。"这话本来有点贬义，我们可以
> 正用。

好誉而恶毁，人之常情，无可非议。

古代豁达之人倡导把毁誉置之度外。我则另持异说，我主张把毁誉置之度内。置之度外，可能表示一个人心胸开阔；但是，我有点担心，这有可能表示一个人的糊涂或颟顸。

我主张对毁誉要加以细致的分析。首先要分清：谁毁你？谁誉你？在什么时候？在什么地方？由于什么原因？这些情况弄不清楚，只谈毁誉，至少是有点模糊。

我记得在什么笔记上读到过一个故事。一个人最心爱的人，只有一只眼。于是他就觉得天下人（一只眼者除外）都多长了一只

眼。这样毁誉能靠得住吗？

还有我们常常讲什么"党同伐异"，又讲什么"臭味相投"等。这样的毁誉能相信吗？

孔门贤人子路"闻过则喜"，古今传为美谈。我根本做不到，而且也不想做到，因为我要分析：是谁说的？在什么时候，在什么地点，因为什么而说的？分析完了以后，再定"则喜"，或是"则怒"。喜，我不会过头。怒，我也不会火冒十丈，怒发冲冠。孔子说："野哉，也！"大概子路是一个粗线条的人物，心里没有像我上面说的那些弯弯绕。

我自己有一个颇为不寻常的经验。我根本不知道世界上有某一位学者，过去对于他的存在，我一点都不知道；然而，他却同我结了怨。因为，我现在所占有的位置，他认为本来是应该属于他的，是我这个"鸠"把他这个"鹊"的"巢"给占据了。因此，勃然对我心怀不满。我被蒙在鼓里，很久很久，最后才有人透了点风给我。我知道，天下竟有这种事，只能一笑置之。不这样又能怎样呢？我想向他道歉，挖空心思，也找不出丝毫理由。

大千世界，芸芸众生，由于各人禀赋不同，遗传基因不同，生活环境不同；所以各人的人生观、世界观、价值观、好恶观等，都不会一样，都会有点差别。比如吃饭，有人爱吃辣，有人爱吃咸，有人爱吃酸，如此等等。又比如穿衣，有人爱红，有人爱绿，有人爱黑，如此等等。在这种情况下，最好是各人自是其是，而不必非人之非。俗语说："各扫自家门前雪，不管他人瓦上霜。"这话本来有点贬义，我们可以正用。每个人都会有友，也会有"非友"，

我不用"敌"这个词儿，避免误会。友，难免有誉；非友，难免有
毁。碰到这种情况，最好抱上面所说的分析的态度，切不要笼而统
之，一锅糊涂粥。

好多年来，我曾有过一个"良好"的愿望：我对每个人都好，
也希望每个人对我都好。只望有誉，不能有毁。最近我恍然大悟，
那是根本不可能的。如果真有一个人，人人都说他好，这个人很可
能是一个极端圆滑的人，圆滑到琉璃球又能长上脚的程度。

1997年6月23日

漫谈撒谎

不能说假话，但也不必说真话！

一

世界上所有的堂堂正正的宗教，以及古往今来的贤人哲士，无不教导人们：要说实话，不要撒谎。笼统来说，这是无可非议的。

最近读日本稻盛和夫、梅原猛著，卞立强译的《回归哲学》第四章，梅原和稻盛两人关于不撒谎的议论。梅原说："不撒谎是最起码的道德。自己说过的事要实行，如果错了就说错了——我希望现在的领导人能做到这样最普通的事。苏格拉底可以说是最早的哲学家，在苏格拉底之前有些人自称是诡辩家、智者。所谓诡辩家，就是能把白的说成黑的，站在A方或反A方同样都可以辩论。这样的诡辩家教授辩论术，曾经博得人们欢迎。原因是政治需要颠倒黑白的辩论术。"

在这里，我想先对梅原的话加上一点注解。他所说的"现在的领导人"，指的是像日本这样国家的政客。他所说的"政治需要颠倒黑白的辩论术"，指的是古代希腊的政治。

梅原在下面又说："苏格拉底通过对话揭露了掌握这种辩论术的诡辩家的无智。因而他宣称自己不是诡辩家，不是智者，而是'爱智者'。这是最初的哲学。我认为哲学家应当回归其原点，恢复语言的权威。也就是说，道德的原点是'不撒谎'。……不撒谎是道德的基本和核心。"

梅原把"不撒谎"提高到"道德原点"的高度，可见他对这个问题是多么重视。我们且看一看他的对话者稻盛是怎样对待这个问题的。稻盛首先表示同意梅原的意见。可是，随后他就撒谎问题做了一些具体的分析。他讲到自己的经历，他说，有一个他敬仰的颇有点浪漫气息的人对他说："稻盛，不能说假话，但也不必说真话。"他听了这话，简直高兴得要跳起来。接着他就写了下面一段话："我从小父母也是严格教导我不准撒谎。我当上了经营的负责人之后，心里还是这么想：说谎可不行啊！可是，在经营上有关企业的机密和人事等问题，有时会出现很难说真话的情况。我想我大概是为这些难题苦恼时而跟他商量的。他的这种回答在最低限度上贯彻了'不撒谎'的态度，但又不把真实情况和盘托出，这样就可以求得局面的打开。"

上面我引用了两位日本朋友的话，一位是著名的文学家，一位是著名的企业家。他们俩都在各自的行当内经过了多年的考验与磨炼，都富于人生经验。他们的话对我们会有启发的。我个人觉得，稻盛引用的他那位朋友的话："不能说假话，但也不必说真话！"
最值得我们深思。我的意思就是，对撒谎这类的社会现象，我们要
进行细致的分析。

二

我们中国的父母，同日本稻盛的父母一样，也总是教导子女：
不要撒谎。可怜天下父母心，总希望自己的子女能做一个堂堂正
正的人，一个诚实可靠的人。如果子女撒谎成性，就觉得自己脸面
无光。

不但父母这样教导，我们从小受教育也接受这种要诚实、不撒
谎的教育。我记得小学教科书上讲了一个故事，内容是：一个牧童
在村外牧羊，有一天忽然想出了一个坏点子，大声狂呼："狼来
了！"村里的人听到呼声，都争先恐后地拿上棍棒，带上斧刀，跑
往村外，到了牧童所在的地方，那牧童却哈哈大笑，看到别人慌里
慌张，觉得很开心，又很得意。谁料过了不久，果真有狼来了，牧
童再狂呼时，村里的人却毫无动静，他们上当受骗一次，不想再重
蹈覆辙。牧童的结果怎样，就用不着再说了。

所有这一些教导都是好的，但是也有一个共同的缺点，就是缺
乏分析。

上面我说到，稻盛对撒谎问题是进行过一些分析的。同样，几
百年前的法国大散文家蒙田（1533—1592），对撒谎问题也是做
过分析的。在《蒙田随笔》上卷第九章《论撒谎者》，蒙田写道：

"有人说，感到自己记性不好的人，休想成为撒谎者，这样说不无道理。我知道，语法学家对说假话和撒谎是做区别的。他们说，说假话是指说不真实的，但却信以为真的事，而撒谎一词源于拉丁语（我们的法语就源于拉丁语）。这个词的定义包含违背良知的意思，因此只涉及那些言与心违的人。"

大家一琢磨就能够发现，同样是分析，但日本朋友和蒙田的着眼点和出发点，都是不同的。其间区别是相当明显的，用不着再来啰唆。

记得鲁迅先生有一篇文章，讲的是一个阔人生子庆祝，宾客盈门，竞相献媚。有人说：此子将来必大富大贵。主人喜上眉梢。又有人说，此子将来必长命百岁。主人乐在心头。忽然有一个人说：此子将来必死。主人怒不可遏。但是，究竟谁说的是实话呢？

写到这里，我自己想对撒谎问题来进行点分析。我觉得，德国人很聪明，他们有一个词儿notluege，意思是"出于礼貌而不得不撒的谎"。一般说来，不撒谎应该算是一种美德，我们应该提倡。但是不能顽固不化。假如你被敌人抓了去，完全说实话是不道德的，而撒谎则是道德的。打仗也一样。我们古人说"兵不厌诈"，你能说这是不道德吗？我想，举了这两个小例子，大家就可以举一反三了。

1996年12月7日

做人与处世

> 对待一切善良的人，不管是家属，还是
> 朋友，都应该有一个两字箴言：一曰真，二
> 曰忍。

　　一个人活在世界上，必须处理好三个关系：第一，人与大自然
的关系；第二，人与人的关系，包括家庭关系在内；第三，个人心
中思想与感情矛盾与平衡的关系。这三个关系，如果能处理得好，
生活就能愉快；否则，生活就有苦恼。

　　人本来也是属于大自然范畴的。但是，人自从变成了"万物之
灵"以后，就同大自然闹起独立来，有时竟成了大自然的对立面。
人类的衣食住行所有的资料都取自大自然，我们向大自然索取是不
可避免的。关键是，怎样去索取？索取手段不出两途：一用和平手
段，一用强制手段。我个人认为，东西文化之分野，就在这里。西
方对待大自然的基本态度或指导思想是"征服自然"，用一句现成

的套话来说，就是用处理敌我矛盾的方法来处理人与大自然的关系。结果呢，从表面上看上去，西方人是胜利了，大自然真的被他们征服了。自从西方产业革命以后，西方人屡创奇迹。楼上楼下，电灯电话。大至宇宙飞船，小至原子，无一不出自西方"征服者"之手。

然而，大自然的容忍是有限度的，它是能报复的，它是能惩罚的。报复或惩罚的结果，人皆见之，比如环境污染，生态失衡，臭氧层出洞，物种灭绝，人口爆炸，淡水资源匮乏，新疾病产生，如此等等，不一而足。这些弊端中哪一项不解决都能影响人类生存的前途。我并非危言耸听，现在全世界人民和政府都高呼环保，并采取措施。古人说，"失之东隅，收之桑榆"，犹未为晚。

中国或者东方对待大自然的态度或哲学基础是"天人合一"。宋人张载说得最简明扼要："民，吾同胞；物，吾与也。""与"的意思是伙伴。我们把大自然看作伙伴，可惜我们的行为没能跟上。在某种程度上，也采取了"征服自然"的办法，结果也受到了大自然的报复。前不久南北的大洪水不是很发人深省吗？

至于人与人的关系，我的想法是：对待一切善良的人，不管是家属，还是朋友，都应该有一个两字箴言：一曰真，二曰忍。真者，以真情实意相待，不允许弄虚作假。对待坏人，则另当别论。忍者，相互容忍也。日子久了，难免有点磕磕碰碰。在这时候，头脑清醒的一方应该能够容忍。如果双方都不冷静，必致因小失大，后果不堪设想。唐朝张公艺的"百忍"是历史上有名的例子。

　　至于个人心中思想感情的矛盾，则多半起于私心杂念。解之之方，唯有消灭私心，学习诸葛亮的"淡泊以明志，宁静以致远"，庶几近之。

1998年11月17日

三思而行

> 如果你考虑正面，又考虑反面之后，再回头来考虑正面，又再考虑反面，那么，如此循环往复，终无宁日，最终成为考虑的巨人，行动的侏儒。

"三思而行"是我们现在常说的一句话，主要劝人做事不要鲁莽，要仔细考虑，然后行动，则成功的可能性会大一些，碰壁的可能性会小一些。

要数典而不忘祖，也并不难。这个典故就出在《论语·公冶长第五》："季文子三思而后行。子闻之曰：'再，斯可矣。'"这说明，孔老夫子是持反对意见的。吾家老祖宗文子（季孙行父）的三思而后行的举动，二千六七百年以来，历代都得到了几乎全天下人的赞扬，包括许多大学者在内。查一查《十三经注疏》，就能一目了然。《论语正义》说："三思者，言思之多，能审慎也。"许多书上还表扬了季文子，说他是"忠而有贤行者"。甚至有人认为三思还不够。《三国志·吴志·诸葛恪传注》中说：有人劝恪"每事必十思"。可是我们的孔圣人却冒天下之大不韪，批评了季文子三思过多，只思二次（再）就够了。

这怎么解释呢？究竟谁是谁非呢？

我们必须先弄明白，什么叫"三思"。总起来说，对此有两个解释，一个是"言思之多"，这在上面已经引过。一个是"君子之谋也，始、衷（中）、终皆举之，而后入焉"。这话虽为文子自己所说，然而孔子以及上万上亿的众人却不这样理解。他们理解，一直到今天，仍然是"多思"。

多思有什么坏处呢？又有什么好处呢？根据我个人几十年来的体会，除了下围棋、象棋等以外，多思有时候能使人昏昏，容易误事。平常骂人说是"不肖子孙"，意思是与先人的行动不一样的人。我是季文子的最"肖"子孙。我平常做事不但三思，而且超过三思，是否达到了人们要求诸葛恪做的"十思"，没做统计，不敢乱说。反正是思过来，思过去，越思越糊涂，终而至头昏昏然，而仍不见行动，不敢行动。我这样一个过于细心的人，有时会误大事的。我觉得，碰到一件事，决不能不思而行，鲁莽行动。记得当年在德国时，法西斯统治正如火如荼，一些盲目崇拜希特勒的人，常常使用一个词儿Darauf-galngertum，意思是"说干就干，不必思考"。这是法西斯的做法，我们必须坚决扬弃。遇事必须深思熟虑，先考虑可行性，考虑的方面越广越好。然后再考虑不可行性，也是考虑的方面越广越好。正反两面仔细考虑完以后，就必须加以比较，做出决定，立即行动。如果你考虑正面，又考虑反面之后，再回头来考虑正面，又再考虑反面，那么，如此循环往复，终无宁日，最终成为考虑的巨人，行动的侏儒。

所以，我赞成孔子的"再，斯可矣"。

1997年5月11日

糊涂一点　潇洒一点

> 有张无弛不行，有弛无张也不行。张弛
> 结合，斯乃正道。提倡糊涂一点，潇洒一
> 点，正是为了达到这个目的的。

最近一个时期，经常听到人们的劝告：要糊涂一点，要潇洒
一点。

关于第一点糊涂问题，我最近写过一篇短文《难得糊涂》。在
这里，我把糊涂分为两种，一个叫真糊涂，一个叫假糊涂。普天之
下，绝大多数的人，争名于朝，争利于市。尝到一点小甜头，便喜
不自胜，手舞足蹈，心花怒放，忘乎所以。碰到一个小钉子，便忧
思焚心，眉头紧皱，前途暗淡，哀叹不已。这种人滔滔者天下皆是
也。他们是真糊涂，但并不自觉。他们是幸福的，愉快的。愿老天
爷再向他们降福。

至于假糊涂或装糊涂，则以郑板桥的"难得糊涂"最为典型。

郑板桥一流的人物是一点也不糊涂的。但是现实的情况又迫使他们非假糊涂或装糊涂不行。他们是痛苦的。我祈祷老天爷赐给他们一点真糊涂。

谈到潇洒一点的问题，首先必须对这个词儿进行一点解释。这个词儿圆融无碍，谁一看就懂，再一追问就糊涂。给这样一个词儿下定义，是超出我的能力的。还是查一下词典好。《现代汉语词典》的解释是："（神情、举止、风貌等）自然大方，有韵致，不拘束。"看了这个解释，我吓了一跳。什么"神情"，什么"风貌"，又是什么"韵致"，全是些抽象的东西，让人无法把握。这怎么能同我平常理解和使用的"潇洒"挂上钩呢？我是主张模糊语言的，现在就让"潇洒"这个词儿模糊一下吧。我想到中国六朝时代一些当时名士的举动，特别是《世说新语》等书所记载的，比如刘伶的"死便埋我"，什么"雪夜访戴"，等等，应该算是"潇洒"吧。可我立刻又想到，这些名士，表面上潇洒，实际上心中如焚，时时刻刻担心自己的脑袋。有的还终于逃不过去，嵇康就是一个著名的例子。

写到这里，我的思维活动又逼迫我把"潇洒"，也像糊涂一样，分为两类：一真一假。六朝人的潇洒是装出来的，因而是假的。

这些事情已经"俱往矣"，不大容易了解清楚。我举一个现代的例子。上一个世纪30年代，我在清华读书的时候，一位教授（姑隐其名）总想充当一下名士，潇洒一番。冬天，他穿上锦缎棉袍，下面穿的是锦缎棉裤，用两条彩色丝带把棉裤紧紧地系在腿的下部。头上头发也故意不梳得油光发亮。他就这样飘飘然走进课堂，顾影自怜，大概十分满意。在学生们眼中，他这种矫揉造作的潇洒，却是丑态可掬，辜负了他一番苦心。

同这位教授唱对台戏的——当然不是有意的——是俞平伯先生。有一天，平伯先生把脑袋剃了个精光，高视阔步，昂然从城内的住处出来，走进了清华园。园内几千人中这是唯一的一个精光的脑袋，见者无不骇怪，指指点点，窃窃私议，而平伯先生则全然置之不理，照样登上讲台，高声朗诵宋代名词，摇头晃脑，怡然自得。朗诵完了，连声高呼："好！好！就是好！"此外再没有别的话说。古人说："是真名士自风流。"同那位教英文的教授一比，谁是真风流，谁是假风流；谁是真潇洒，谁是假潇洒，昭然呈现于光天化日之下。

这一个小例子，并没有什么深文奥义，只不过是想辨真伪而已。

为什么人们提倡糊涂一点，潇洒一点呢？我个人觉得，这能提高人们的和为贵的精神，大大地有利于安定团结。

写到这里，这一篇短文可以说是已经写完了。但是，我还想加上一点我个人的想法。

当前，我国举国上下，争分夺秒，奋发图强，巩固我们的政治，发展我们的经济，期能在预期的时间内建成名副其实小康社会。哪里容得半点糊涂、半点潇洒！但是，我们中国人一向是按照辩证法的规律行动的。古人说："文武之道，一张一弛。"有张无弛不行，有弛无张也不行。张弛结合，斯乃正道。提倡糊涂一点，潇洒一点，正是为了达到这个目的的。

2002年12月18日

第四章 悲喜俱有，才是完整的人生

中国古话说："尽人事而听天命。"

首先必须"尽人事"，

否则馅儿饼决不会自己从天上落到你嘴里来。

但又必须"听天命"。

人世间，波诡云谲，因果错综。

只有能做到"尽人事而听天命"，

一个人才能永远保持心情的平衡。

人生的意义与价值

> 如果人生真有意义与价值的话，其意义
> 与价值就在于对人类发展的承上启下、承前
> 启后的责任感。

当我还是一个青年大学生的时候，报刊上曾刮起一阵讨论人生的意义与价值的微风，文章写了一些，议论也发表了一通。我看过一些文章，但自己并没有参加进去。原因是，有的文章不知所云，我看不懂。更重要的是，我认为这种讨论本身就无意义，无价值，不如实实在在地干几件事好。

时光流逝，一转眼，自己已经到了望九之年，活得远远超过了我的预算。有人认为长寿是福，我看也不尽然。人活得太久了，对人生的种种相，众生的种种相，看得透透彻彻，反而鼓舞时少，叹息时多。远不如早一点离开人世这个是非之地，落一个耳根清净。

那么，长寿就一点好处都没有吗？也不是的。这对了解人生的

意义与价值，会有一些好处的。

根据我个人的观察，对世界上绝大多数人来说，人生一无意义，二无价值。他们也从来不考虑这样的哲学问题。走运时，手里攥满了钞票，白天两顿美食城，晚上一趟卡拉OK，玩一点小权术，耍一点小聪明，甚至恣睢骄横，飞扬跋扈，昏昏沉沉，浑浑噩噩，等到钻入了骨灰盒，也不明白自己为什么活过一生。

其中不走运的则穷困潦倒，终日为衣食奔波，愁眉苦脸，长吁短叹。即使日子还能过得去的，不愁衣食，能够温饱，然而也终日忙忙碌碌，被困于名缰，被缚于利锁。同样是昏昏沉沉，浑浑噩噩，不知道为什么活过一生。

对这样的芸芸众生，人生的意义与价值从何处谈起呢？

我自己也属于芸芸众生之列，也难免浑浑噩噩，并不比任何人高一丝一毫。如果想勉强找一点区别的话，那也是有的：我，当然还有一些别的人，对人生有一些想法，动过一点脑筋，而且自认这些想法是有点道理的。

我有些什么想法呢？话要说得远一点。当今世界上战火纷飞，人欲横流，"黄钟毁弃，瓦釜雷鸣"，是一个十分不安定的时代。但是，对于人类的前途，我始终是一个乐观主义者。我相信，不管还要经过多少艰难曲折，不管还要经历多少时间，人类总会越变越好的，人类大同之域决不会仅仅是一个空洞的理想。但是，想要达到这个目的，必须经过无数代人的共同努力。有如接力赛，每一代人都有自己的一段路程要跑。又如一条链子，是由许多环组成的，每一环从本身来看，只不过是微末不足道的一点东西；但是没有这一点东西，链子就组不成。在人类社会发展的长河中，我们每一代人都有自己的任务，而且是绝非可有可无的。如果说人生有意义与价值的话，其意义与价值就在这里。

但是，这个道理在人类社会中只有少数有识之士才能理解。鲁迅先生所称之"中国的脊梁"，指的就是这种人。对于那些肚子里吃满了肯德基、麦当劳、比萨饼，到头来终不过是浑浑噩噩的人来说，有如夏虫不足以与语冰，这些道理是没法谈的。他们无法理解自己对人类发展所应当承担的责任。

话说到这里，我想把上面说的意思简短扼要地归纳一下：如果人生真有意义与价值的话，其意义与价值就在于对人类发展的承上启下、承前启后的责任感。

1995年

不完满才是人生

> "人人有一本难念的经"，所以我说"不完满才是人生"。这是一个"平凡的真理"；但是真能了解其中的意义，对己对人都有好处。对己，可以不烦不躁；对人，可以互相谅解。

每个人都争取一个完满的人生。然而，自古及今，海内海外，一个百分之百完满的人生是没有的。所以我说，不完满才是人生。

关于这一点，古今的民间谚语，文人诗句，说到的很多很多。最常见的比如苏东坡的词："人有悲欢离合，月有阴晴圆缺，此事古难全。"南宋方岳（根据吴小如先生考证）诗句："不如意事常八九，可与人言无二三。"这都是我们时常引用的，脍炙人口的。类似的例子还能够举出成百上千来。

这种说法适用于一切人，旧社会的皇帝老爷子也包括在里面。

他们君临天下，"率土之滨，莫非王土"，可以为所欲为，杀人灭族，小事一端，按理说，他们不应该有什么不如意的事。然而，实际上，王位继承，宫廷斗争，比民间残酷万倍。他们威仪俨然地坐在宝座上，如坐针毡。虽然捏造了"龙御上宾"这种神话，他们自己也并不相信。他们想方设法以求得长生不老，他们最怕"一旦魂断，宫车晚出"。连英主如汉武帝、唐太宗之辈也不能"免俗"。汉武帝造承露金盘，妄想饮仙露以长生；唐太宗服印度婆罗门的灵药，期望借此以不死。结果，事与愿违，仍然是"龙御上宾"呜呼哀哉了。

　　在这些皇帝手下的大臣们，"一人之下，万人之上"，权力极大、骄纵恣肆，贪赃枉法，无所不至。在这一类人中，好东西大概极少，否则包公和海瑞等决不会流芳千古，久垂宇宙了。可这些人到了皇帝跟前，只是一个奴才，常言道：伴君如伴虎，可见他们的日子并不好过。据说明朝的大臣上朝时在笏板上夹带一点鹤顶红，一旦皇恩浩荡，钦赐极刑，连忙用舌尖舔一点鹤顶红，立即涅槃，落得一个全尸。可见这一批人的日子也并不好过，谈不到什么完满的人生。

　　至于我辈平头老百姓，日子就更难过了。建国前后，不能说没有区别，可是一直到今天，仍然是"不如意事常八九"。早晨在早市上被小贩"宰"了一刀；在公共汽车上被扒手割了包，踩了人一下，或者被人踩了一下，根本不会说"对不起"了，代之以对骂，或者甚至演出全武行。到了商店，难免买到假冒伪劣的商品，又得生一肚子气。谁能说，我们的人生多是完满的呢？

　　再说到我们这一批手无缚鸡之力的知识分子，在历史上一生中就难得过上几天好日子。只一个"考"字，就能让你谈"考"色变。"考"者，考试也。在旧社会科举时代，"千军万马独木桥"，要上进，只有科举一途，你只需读一读吴敬梓的《儒林外史》，就能淋漓尽致地了解到科举的情况。以周进和范进为代表的那一批举人进士，其窘态难道还不能让你胆战心惊、啼笑皆非吗？

　　现在我们运气好，得生于新社会中。然而那一个"考"字，宛如如来佛的手掌，你别想逃脱得了。幼儿园升小学，考；小学升初中，考；初中升高中，考；高中升大学，考；大学毕业想当硕士，考；硕士想当博士，考。考，考，考，变成烤，烤，烤；一直到知命之年，厄运仍然难免，现代知识分子落到这一张密而不漏的天网中，无所逃于天地之间，我们的人生还谈什么完满呢？

　　灾难并不限于知识分子，"人人有一本难念的经"，所以我说"不完满才是人生"。这是一个"平凡的真理"；但是真能了解其中的意义，对己对人都有好处。对己，可以不烦不躁；对人，可以互相谅解。这会大大地有利于整个社会的安定团结。

1998年8月20日

走运与倒霉

> 走运时，要想到倒霉，不要得意过了头；倒霉时，要想到走运，不必垂头丧气。心态始终保持平衡，情绪始终保持稳定，此亦长寿之道也。

走运与倒霉，表面上看起来，似乎是绝对对立的两个概念。世人无不想走运，而决不想倒霉。

其实，这两件事是有密切联系的，互相依存的，互为因果的。说极端了，简直是一而二二而一者也。这并不是我的发明创造。两千多年前的老子已经发现了，他说："祸兮福之所倚，福兮祸之所伏。孰知其极？其无正。"老子的"福"就是走运，他的"祸"就是倒霉。

走运有大小之别，倒霉也有大小之别，而两者往往是相通的。走的运越大，则倒的霉也越惨，两者之间成正比。中国有一句俗话说"爬得越高，跌得越重"，形象生动地说明了这种关系。

吾辈小民，过着平平常常的日子，天天忙着吃、喝、拉、撒、睡，操持着柴、米、油、盐、酱、醋、茶。有时候难免走点小运，有的是主动争取来的，有的是时来运转，好运从天上掉下来的。高兴之余，不过喝上二两二锅头，飘飘然一阵了事。但有时又难免倒点小霉，"闭门家中坐，祸从天上来"，没有人去争取倒霉的。倒霉以后，也不过心里郁闷几天，对老婆孩子发点小脾气，转瞬就过去了。

但是，历史上和眼前的那些大人物和大款们，他们一身系天下安危，或者系一个地区、一个行当的安危。他们得意时，比如打了一个大胜仗，或者倒卖房地产、炒股票，发了一笔大财，意气风发，踌躇满志，自以为天上天下，唯我独尊。"固一世之雄也"，怎二两二锅头了得！然而一旦失败，不是自刎乌江，就是从摩天高楼跳下，"而今安在哉"！

从历史上到现在，中国知识分子有一个"特色"，这在西方国家是找不到的。中国历代的诗人、文学家，不倒霉则走不了运。司马迁在《太史公自序》中说："昔西伯拘羑里，演《周易》；孔子厄陈蔡，作《春秋》；屈原放逐，著《离骚》；左丘失明，厥有《国语》；孙子膑脚，而论兵法；不韦迁蜀，世传《吕览》；韩非囚秦，《说难》《孤愤》；《诗》三百篇，大抵贤圣发愤之所为作也。"司马迁算的这个总账，后来并没有改变。汉以后所有的文学大家，都是在倒霉之后，才写出了震古烁今的杰作。像韩愈、苏轼、李清照、李后主等一批人，莫不皆然。从来没有过状元宰相成为大文学家的。

了解了这一番道理之后，有什么意义呢？我认为，意义是重大的。它能够让我们头脑清醒，理解祸福的辩证关系：走运时，要想到倒霉，不要得意过了头；倒霉时，要想到走运，不必垂头丧气。心态始终保持平衡，情绪始终保持稳定，此亦长寿之道也。

1998年11月2日

缘分与命运

> 人世间，波诡云谲，因果错综。只有能做到"尽人事而听天命"，一个人才能永远保持心情的平衡。

　　缘分与命运本来是两个词儿，都是我们口中常说，文中常写的。但是，仔细琢磨起来，这两个词儿含义极为接近，有时达到了难解难分的程度。

　　缘分和命运可信不可信呢？

　　我认为，不能全信，又不可不信。

　　我绝不是为算卦相面的"张铁嘴""王半仙"之流的骗子来张目。算八字算命那一套骗人的鬼话，只要一个异常简单的事实就能揭穿。试问普天之下——番邦暂且不算，因为老外那里没有这套玩意儿——同年、同月、同日、同时生的孩子有几万，几十万，他们一生的经历难道都能够绝对一样吗？绝对的不一样，倒近于事实。

可你为什么又说，缘分和命运不可不信呢？

我也举一个异常简单的事实。只要你把你最亲密的人，你的老伴——或者"小伴"，这是我创造的一个名词儿，年轻的夫妻之谓也——同你自己相遇，一直到"有情人终成了眷属"的经过回想一下，便立即会同意我的意见。你们可能是一个生在天南，一个生在海北，中间经过了不知道多少偶然的机遇，有的机遇简直是间不容发，稍纵即逝，可终究没有错过，你们到底走到一起来了。即使是青梅竹马的关系，也同样有个"机遇"问题。这种"机遇"是报纸上的词儿，哲学上的术语是"偶然性"，老百姓嘴里就叫作"缘分"或"命运"。这种情况，谁能否认，又谁能解释呢？没有办法，只好称之为缘分或命运。

北京西山深处有一座辽代古庙，名叫"大觉寺"。此地有崇山峻岭，茂林流泉，有三百年的玉兰树，二百年的藤萝花，是一个绝妙的地方。将近二十年前，我骑自行车去过一次。当时古寺虽已破败，但仍给我留下了深刻的印象，至今忆念难忘。去年春末，北大中文系的毕业生欧阳旭邀我们到大觉寺去剪彩。原来他下海成了颇有基础的企业家。他毕竟是书生出身，念念不忘为文化作贡献。他在大觉寺里创办了一个明慧茶院，以弘扬中国的茶文化。我大喜过望，准时到了大觉寺。此时的大觉寺已完全焕然一新，雕梁画栋，金碧辉煌，玉兰已开过而紫藤尚开，品茗观茶道表演，心旷神怡，浑然欲忘我矣。

将近一年以来，我脑海中始终有一个疑团：这个英年岐嶷的小伙子怎么会到深山里来搞这么一个茶院呢？前几天，欧阳旭又邀我们到大觉寺去吃饭。坐在汽车上，我不禁向他提出了我的问题。他莞尔一笑，轻声说："缘分！"原来在这之前他携伙伴郊游，黄昏迷路，撞到大觉寺里来。爱此地之清幽，便租了下来，加以装修，创办了明慧茶院。

此事虽小，可以见大。信缘分与不信缘分，对人的心情影响是不一样的。信者胜可以做到不骄，败可以做到不馁，决不至胜则忘乎所以，败则怨天尤人。中国古话说："尽人事而听天命。"首先必须"尽人事"，否则馅儿饼决不会自己从天上落到你嘴里来。但又必须"听天命"。人世间，波诡云谲，因果错综。只有能做到"尽人事而听天命"，一个人才能永远保持心情的平衡。

1998年3月7日

年

> 脚踏上一块新的界石的时候，固然常常引起我们回头去看；但是，我们仍要时时提醒自己：前面仍然有路。

年，像淡烟，又像远山的晴岚。我们握不着，也看不到。当它走来的时候，只在我们的心头轻轻地一拂，我们就知道：年来了。但是究竟什么是年呢？却没有人能说得清了。

当我们沿着一条大路走着的时候，遥望前路茫茫，花样似乎很多。但是，及至走上前去，身临切近，却正如向水里扑自己的影子，捉到的只有空虚。更遥望前路，仍然渺茫得很。这时，我们往往要回头看看的。其实，回头看，随时都可以。但是我们却不。最常引起我们回头看的，是当我们走到一个路上的界石的时候。说界石，实在没有什么石。只不过在我们心上有那么一点痕迹。痕迹自然很虚缥。所以不易说。但倘若不管易说不易说，说了出来的话，就是年。

　　说出来了，这年，仍然很虚缥。也许因为这一说，变得更虚缥。但这却是没有办法的事了。我前面不是说我们要回头看吗？就先说我们回头看到的吧。——我们究竟看到些什么呢？灰蒙蒙的一片，仿佛白云，又仿佛轻雾，朦胧成一团。里面浮动着各种的面影，各样的彩色。这似乎真有花样了。但仔细看来，却又不然，仍然是平板单调。就譬如从最近的界石看回去吧。先看到白皑皑的雪凝结在丫杈着刺着灰的天空的树枝上。再往前，又看到澄碧的长天下流泛着的萧瑟冷寂的黄雾。再往前，苍郁欲滴的浓碧铺在雨后的林里，铺在山头。烈阳闪着金光。更往前，到处闪动着火焰般的花的红影。中间点缀着亮的白天，暗的黑夜。在白天里，我们拼命填满了肚皮。在黑夜里，我们挺在床上咧开大嘴打呼。就这样，白天接着黑夜，黑夜接着白天；一明一暗地滚下去，像玉盘上的珍珠。

　　……

　　于是越过一个界石。看上去，仍然看到白皑皑的雪，看到萧瑟冷寂的黄雾，看到苍郁欲滴的浓碧，看到火焰般的红影。仍然是连续的亮的白天，暗的黑夜——于是又越过了一个界石。于是又——一个界石，一个界石，界石连着界石，没有完。亮的白天，暗的黑夜交织着。白雪，黄雾，浓碧，红影，混成一团。影子却渐渐地淡了下来。我们的记忆也被拖到辽远又辽远的雾蒙蒙的暗陬里去了。我们再看到什么呢？更茫茫。然而，不新奇。

　　不新奇吗？却终究又有些新的花样了。仿佛是跨过第一个界石的时候——实在还早，仿佛是才踏上了世界的时候，我们眼前便障上了幕。我们看不清眼前的东西；只是摸索着走上去。随了白天的消失，暗夜的消失，这幕渐渐地一点一点地撤下去。但我们不觉得。我们觉得的时候，往往是在踏上了一个界石回头看的一刹那。一觉得，我们又慌了："会有这样的事情发生到我身上吗？"其实，当这事情正在发生的时候，我们还热烈地参加着，或表演着。现在一觉得，便大惊小怪起来。我们又肯定地信，不会有这样的事情发生到我们身上的。我们想：自己以前仿佛没曾打算有这样的事情发生。实在，打算又有什么用呢？事情早已给我们安排在幕后。只是幕不撤，我们看不到而已。而且又真没曾打算过。以后我们又证明给自己：的确发生过这样的事情了。于是，因了这惊，这怪，我们也似乎变得比以前更聪明些。"以后我要这样了"，我们想。真的，以后我们要这样了。然而，又走到一个界石，回头一看，我们又惊疑："怎么又会有这样的事情发生到我身上呢？"是的，真有过。"以后我要这样了"，我们又想。——虽然一点一点地撤开，我们眼前仍是幕。于是，一个界石，一个界石，就在这随时发现的新奇中过下去，一直到现在，我们眼前仍然是幕。这幕什么时候才撤净呢？我们苦恼着。

　　但也因而得到了安慰了。一切事情，虽然都已经安排在幕后，有时我们也会蓦地想到几件。其中也不缺少一想到就使我们流汗战栗喘息的事情。我们知道它们一定会发生，只是不知道什么时候而已。但现在回头看来，许多这样的事情，只在这幕的微启之下，便悠然地露了出来，我们也不知怎样竟闯了过来。回顾当时的流汗，的战栗，的喘息，早成残像，只在我们心的深处留下一点痕迹。不禁微笑浮上心头了。回首绵绵无尽的灰雾中，竟还有自己踏过的微白的足迹在，蜿蜒一条长长的路，一直通到现在的脚跟下。再一想踏这条路时的心情，看这眼前的幕一点一点撤开时的或惊，或惧，或喜的心情，微笑更要浮上嘴角了。

这样，这条微白的长长的路就一直蜿蜒到脚跟。现在脚下踏着的又是一块新的界石了。不容我们迟疑，这条路又把我们引上前去。我们不能停下来，也不愿意停下来的。倘若抬头向前看的时候——又是一条微白的长长的路，伸展开去。又是一片灰蒙蒙的雾，这路就蜿蜒到雾里去。到哪里止呢？谁知道，我们只是走上前去。过去的，混沌迷茫，不知其所以然了。未来的，混沌迷茫，更不知其所以然了。但是我们时时刻刻都在向前走着。时时刻刻这条蜿蜒的长长的路向后缩了回去，又时时刻刻向前伸了出去，摆在我们面前。仍然再缩了回去，离我们渐远，渐远，窄了，更窄了。埋在茫茫的雾里。刚才看见的东西，一转眼，便随了这条路缩了回去，渐渐地不清楚，成云，成烟，埋在记忆里，又在记忆里消失了。只有在我们眼前的这一点短短的时间——一分钟，不，还短；一秒钟，不，还短；短到说不出来，就算有那么一点时间吧；我们眼前有点亮：一抬眼，便可以看到桌子上摆着的花的蔓长的枝条在风里袅动，看到架上排着的书，看到玻璃杯在静默里反射着清光，看到窗外枯树寒鸦的淡影，看到电灯罩的丝穗在轻微地散布着波纹，看到眼前的一切，都发亮。然后一转眼，这一切又缩了回去，渐渐地不清楚，成云，成烟，埋在记忆里，也在记忆里消失吧。等到第二次抬眼的时候，看到的一切已经同前次看到的不同了。我说，我们就只有那样短短的时间的一点亮。这条蜿蜒的长长的路伸展出去，这一点亮也跟着走。一直到我们不愿意，或者不能走了，我们眼前仍然只有那一点亮，带大糊涂走开。

当我们还在沿着这条路走的时候，虽然眼前只有那样一点亮，我们也只好跟着它走上去了。脚踏上一块新的界石的时候，固然常常引起我们回头去看；但是，我们仍要时时提醒自己：前面仍然有路。我前面不是说，我们又看到一条微白的长长的路引到雾里去吗？渺茫，自然；但不必气馁。譬如游山，走过了一段路之后，乘喘息未定的时候，回望来路，白云四合，当然很有意思的。倘再翘首前路，更有青霭流泛，不也增加游兴不少吗？而且，正因为渺茫，却更有味。当我翘首前望的时候，只看到雾海，茫茫一片，不辨山水云树。我们可以任意把想象加到上面。我们可以自己涂上粉红色，彩红色；任意制成各种的梦，各种的幻影，各种的蜃楼。制成以后，随便按上，无不适合。较之回头看时，只见残迹，只见过去的面影，趣味自然不同。这时，我们大概也要充满了欣慰与生力，怡然走上前去。倘若了如指掌，毫发都现，一眼便看到自己的坟墓，无所用其涂色；更无所用其蜃楼，只懒懒地抬起了沉重的腿脚，无可奈何地踱上去，不也大煞风景，生趣全丢吗？

然而，话又要说了回来。——虽然我们可以把未来涂上了彩色，制成了梦，幻影，和蜃楼；一想到，蜿蜒到灰雾里去的长长的路，仍然不过是长长的路，同从雾里蜿蜒出来的并不会有多大的差别；我们不禁又惘然了。我们知道，虽然说不定也有点变化，仍然要看到同样的那一套。真的，我们也只有看到同样的那一套。微微有点不同的，就是次序倒了过来。——我们将先看到到处闪动着的花的红影；以后，再看到苍郁欲滴的浓碧；以后，又看到萧瑟冷寂的黄雾；以后，再看到白皑皑的雪凝结在丫杈着刺着灰的天空的树枝上。中间点缀着的仍然是亮的白天，暗的黑夜。在白天里，我们填满了肚皮。在夜里，我们咧开大嘴打呼。照样地，白天接着黑夜，黑夜接着白天。于是到了一个界石，我们眼前仍然只有那短短的时间的一点亮。脚踏上这个界石的时候，说不定还要回过头来看到现在。现在早笼在灰雾里，埋在记忆里了。我们的心情大概不会同踏在现在的这块界石上回望以前有什么差别吧。看了微白的足迹从现在的脚下通到那时的脚下，微笑浮上心头呢？浮上嘴角呢？惘然呢？漠然呢？看了眼前的幕一点一点地撤去，惊呢？惧呢？喜呢？那就都不得而知了。

　　于是，通过了一块界石，又看上去，仍然是红影，浓碧，黄雾，白雪。亮的白天，暗的黑夜，一个推着一个，滚成一团，滚上去，像玉盘上的珍珠。终于我们看到些什么呢？灰蒙蒙；然而不新奇。但却又使我们战栗了。——在这微白的长长的路的终点，在雾的深处，谁也说不清是什么地方，有一个充满了威吓的黑洞，在向我们狞笑，那就是我们的归宿。障在我们眼前的幕，到底也不会撤去。我们眼前仍然只有当前一刹那的亮，带了一个大混沌，走进这个黑洞去。

　　走进这个黑洞去，其实也倒不坏，因为我们可以得到静息。但又不这样简单。中间经过几多花样，经过多长的路才能达到呢？谁知道。当我们还没有达到以前，脚下又正在踏着一块界石的时候，我们命定的只能向前看，或向后看。向后看，灰蒙蒙，不新奇了。向前看，灰蒙蒙，更不新奇了，然而，我们可以做梦。再要问：我们要做什么样的梦呢？谁知道。——一切都交给命运去安排吧。

1934年1月24日

八十述怀

> 我知道，未来的路也不会比过去的更笔
> 直，更平坦。但是我并不恐惧。我眼前还闪
> 动着野百合和野蔷薇的影子。

我从来没有想到，我能活到八十岁；如今竟然活到了八十岁，然而又一点也没有八十岁的感觉。岂非咄咄怪事！

我向无大志，包括自己活的年龄在内。我的父母都没能活过五十；因此，我自己的原定计划是活到五十。这样已经超过了父母，很不错了。不知怎么一来，宛如一场春梦，我活到了五十岁。那时正值所谓困难时期。我流年不利，颇挨了一阵子饿。但是，我是"曾经沧海难为水"，在二次世界大战时，我正在德国，我经受了而今难以想象的饥饿的考验，以致失去了饱的感觉。我们那一点困难，同德国比起来，真如小巫见大巫；我从而顺利地度过了那一场灾难，而且我当时的精神面貌是我一生最好的时期，一点苦也没

有感觉到，于不知不觉中冲破了我原定的年龄计划，度过了五十岁大关。

五十一过，又仿佛一场春梦似的，一下子就到了古稀之年，不容我反思，不容我踟蹰。我一生写作翻译的高潮，恰恰出现在这个期间。原因并不神秘：我获得了余裕和时间。二百多万字的印度大史诗《罗摩衍那》，就是在这时候译完的。"雪夜闭门写禁文"，自谓此乐不减羲皇上人。

又仿佛是一场缥缈的春梦，一下子就活到了今天，行年八十矣，是古人称之为耄耋之年了。倒退二三十年，我这个在寿命上胸无大志的人，偶尔也想到耄耋之年的情况：手拄拐杖，白须飘胸，步履维艰，老态龙钟。自谓这种事情与自己无关，所以想得不深也不多。哪里知道，自己今天就到了这个年龄了。今天是新年元旦。从夜里零时起，自己已是不折不扣的八十老翁了。然而这老景却真如古人诗中所说的"青霭入看无"，我看不到什么老景。看一看自己的身体，平平常常，同过去一样。看一看周围的环境，平平常常，同过去一样。金色的朝阳从窗子里流了进来，平平常常，同过去一样。楼前的白杨，确实粗了一点，但看上去也是平平常常，同过去一样。时令正是冬天，叶子落尽了，但是我相信，它们正蜷缩在土里，做着春天的梦。水塘里的荷花只剩下残叶，"留得残荷听雨声"，现在雨没有了，上面只有白皑皑的残雪。我相信，荷花们也蜷缩在淤泥中，做着春天的梦。总之，我还是我，依然故我：周围的一切也依然是过去的一切……

我是不是也在做着春天的梦呢？我想，是的。我现在也处在严寒中，我也梦着春天的到来。我相信英国诗人雪莱的两句话："既然冬天已经到了，春天还会远吗？"我梦着楼前的白杨重新长出了浓密的绿叶；我梦着池塘里的荷花重新冒出了淡绿的大叶子；我梦着春天又回到了大地上。

可是我万万没有想到，"八十"这个数字竟有这样大的威力，一种神秘的威力。"自己已经八十岁了！"我吃惊地暗自思忖。它逼迫着我向前看一看，又回头看一看。向前看，灰蒙蒙的一团，路不清楚，但也不是很长。确实没有什么好看的地方。不看也罢。

而回头看呢，则在灰蒙蒙的一团中，清晰地看到了一条路，路极长，是我一步一步地走过来的，这条路的顶端是在清平县的官庄。我看到了一片灰黄的土房，中间闪着苇塘里的水光，还有我大奶奶和母亲的面影。这条路延伸出去，我看到了泉城的大明湖。这条路又延伸出去，我看到了水木清华，接着又看到德国小城哥廷根斑斓的秋色，上面飘动着我那母亲似的女房东和祖父似的老教授的面影。路陡然又从万里之外折回到神州大地，我看到了红楼，看到了燕园的湖光塔影。令人泄气而且大煞风景的是，我竟又看到了牛棚的牢头禁子那一副牛头马面似的狞恶的面孔。再看下去，路就缩住了，一直缩到我的脚下。

在这一条十分漫长的路上，我走过阳关大道，也走过独木小桥。路旁有深山大泽，也有平坡宜人；有杏花春雨，也有塞北秋风；有山重水复，也有柳暗花明；有迷途知返，也有绝处逢生。路太长了，时间太长了，影子太多了，回忆太重了。我真正感觉到，我负担不了，也忍受不了，我想摆脱掉这一切，还我一个自由自在身。

回头看既然这样沉重，能不能向前看呢？我上面已经说到，向前看，路不是很长，没有什么好看的地方。我现在正像鲁迅的散文诗《过客》中的那一个过客。他不知道是从什么地方走来的，终于走到了老翁和小女孩的土屋前面，讨了点水喝。老翁看他已经疲惫不堪，劝他休息一下。他说："从我还能记得的时候起，我就在这么走，要走到一个地方去，这地方就在前面。我单记得走了许多路，现在来到这里了。我接着就要走向那边去……况且还有声音在前面催促我，叫唤我，使我息不下。"那边，西边是什么地方呢？老人说："前面，是坟。"小女孩说："不，不，不的。那里有许多野百合，野蔷薇，我常常去玩，去看他们的。"

我理解这个过客的心情，我自己也是一个过客。但是却从来没有什么声音催着我走，而是同世界上任何人一样，我是非走不行的，不用催促，也是非走不行的。走到什么地方去呢？走到西边的坟那里，这是一切人的归宿。我记得屠格涅夫的一首散文诗里，也讲了这个意思。我并不怕坟，只是在走了这么长的路以后，我真想停下来休息片刻。然而我不能，不管你愿意不愿意，反正是非走不行。聊以自慰的是，我同那个老翁还不一样，有的地方颇像那个小女孩，我既看到了坟，也看到野百合和野蔷薇。

我面前还有多少路呢？我说不出，也没有仔细想过。冯友兰先生说："何止于米？相期以茶。""米"是八十八岁，"茶"是一百零八岁。我没有这样的雄心壮志。我是"相期以米"。这算不算是立大志呢？我是没有大志的人，我觉得这已经算是大志了。

我从前对穷通寿夭也是颇有一些想法的。陶渊明的一首诗，我很欣赏：

纵浪大化中

不喜亦不惧

应尽便须尽

无复独多虑

我现在就是抱着这种精神，昂然走上前去。只要有可能，我一定做一些对别人有益的事，决不想成为行尸走肉。我知道，未来的路也不会比过去的更笔直，更平坦。但是我并不恐惧。我眼前还闪动着野百合和野蔷薇的影子。

1991年1月1日

老猫

> 人是百代的过客，总是要走过去的，这
> 决不会影响地球的转动和人类社会的进步。
> 每一代人都只是一场没有终点的长途接力赛
> 的一环。

老猫虎子蜷曲在玻璃窗外窗台上一个角落里，缩着脖子，眯着眼睛，浑身一片寂寞、凄清、孤独、无助的神情。

外面正下着小雨，雨丝一缕一缕地向下飘落，像是珍珠帘子。时令虽已是初秋，但是隔着雨帘，还能看到紧靠窗子的小土山上丛草依然碧绿，毫无要变黄的样子。在万绿丛中赫然露出一朵鲜艳的红花。古诗"万绿丛中一点红"，大概就是这般光景吧。这一朵小花如火似燃，照亮了浑茫的雨天。

我从小就喜爱小动物。同小动物在一起，别有一番滋味。它们天真无邪，率性而行；有吃抢吃，有喝抢喝；不会说谎，不会推谀；受到惩罚，忍痛挨打；一转眼间，照偷不误。同它们在一起，我心里感到怡然，坦然，安然，欣然。不像同人在一起那样，应对进退、谨小慎微，斟酌词句、保持距离，感到异常地别扭。

十四年前，我养的第一只猫，就是这个虎子。刚到我家来的时候，比老鼠大不了多少。蜷曲在窄狭的窗内窗台上，活动的空间好像富富有余。它并没有什么特点，仅只是一只最平常的狸猫，身上有虎皮斑纹，颜色不黑不黄，并不美观。但是异于常猫的地方也有，它有两只炯炯有神的眼睛，两眼一睁，还真虎虎有虎气，因此起名叫虎子。它脾气也确实暴烈如虎。它从来不怕任何人。谁要想打它，不管是用鸡毛掸子，还是用竹竿，它从不回避，而是向前进攻，声色俱厉。得罪过它的人，它永世不忘。我的外孙打过一次，从此结仇。只要他到我家来，隔着玻璃窗子，一见人影，它就做好准备，向前进攻，爪牙并举，吼声震耳。他没有办法，在家中走动，都要手持竹竿，以防万一，否则寸步难行。有一次，一位老同志来看我，他显然是非常喜欢猫的。一见虎子，嘴里连声说着："我身上有猫味，猫不会咬我的。"他伸手想去抚摩它，可万万没有想到，我们虎子不懂什么猫味，回头就是一口。这位老同志大惊失色。总之，到了后来，虎子无人不咬，只有我们家三个主人除外，它的"咬声"颇能耸人听闻了。

但是，要说这就是虎子的全面，那也是不正确的。除了暴烈咬人以外，它还有另外一面，这就是温柔敦厚的一面。我举一个小例子。虎子来我们家以后的第三年，我又要了一只小猫。这是一只混种的波斯猫，浑身雪白，毛很长，但在额头上有一小片黑黄相间的花纹。我们家人管这只猫叫洋猫，起名咪咪；虎子则被尊为土猫。这只猫的脾气同虎子完全相反：胆小、怕人，从来没有咬过人。只有在外面跑的时候，才露出一点野性。它只要有机会溜出大门，但见它长毛尾巴一摆，像一溜烟似的立即窜入小山的树丛中，半天不回家。这两只猫并没有血缘关系。但是，不知道是由于什么原因，一进门，虎子就把咪咪看作是自己的亲生女儿。它自己本来没有什么奶，却坚决要给咪咪喂奶，把咪咪搂在怀里，让它咂自己的干奶头，它眯着眼睛，仿佛在享着天福。我在吃饭的时候，有时丢点鸡骨头、鱼刺，这等于猫们的燕窝、鱼翅。但是，虎子却只蹲在旁边，瞅着咪咪一只猫吃，从来不同它争食。有时还"咪噢"上两声，好像是在说："吃吧，孩子！安安静静地吃吧！"有时候，不管是春夏还是秋冬，虎子会从西边的小山上逮一些小动物，麻雀、蚱蜢、蝉、蛐蛐之类，用嘴叼着，蹲在家门口，嘴里发出一种怪声。这是猫语，屋里的咪咪，不管是睡还是醒，耸耳一听，立即跑到门后，馋涎欲滴，等着吃母亲带来的佳肴，大快朵颐。我们家人看到这样母子亲爱的情景，都由衷地感动，一致把虎子称作"义猫"。有一年，小咪咪生了两个小猫。大概是初做母亲，没有经验，正如我们圣人所说的那样"未有学养子而后嫁者也"，人们能很快学会，而猫们则不行。咪咪丢下小猫不管，虎子却大忙特忙起来，觉不睡，饭不吃，日日夜夜把小猫搂在怀里。但小猫是要吃奶的，而奶正是虎子所缺的。于是小猫暴躁不安，虎子眉头一皱，计上心来，叼起小猫，到处追着咪咪，要它给小猫喂奶。还真像一个姥姥样子，但是小咪咪并不领情，依旧不给小猫喂奶。有几天的时间，虎子不吃不喝，瞪着两只闪闪发光的眼睛，嘴里叼着小猫，从这屋赶到那屋；一转眼又赶了回来。小猫大概真是受不了啦，便辞别了这个世界。

我看了这一出猫家庭里的悲剧又是喜剧，实在是爱莫能助，惋惜了很久。

我同虎子和咪咪都有深厚的感情。每天晚上，它们俩抢着到我床上去睡觉。在冬天，我在棉被上面特别铺上了一块布，供它们躺卧。我有时候半夜里醒来，神志一清醒，觉得有什么东西重重地压在我身上，一股暖气仿佛透过了两层棉被，扑到我的双腿上。我知道，小猫睡得正香，即使我的双腿由于僵卧时间过久，又酸又痛，但我总是强忍着，决不动一动双腿，免得惊了小猫的轻梦。它此时也许正梦着捉住了一只耗子。只要我的腿一动，它这耗子就吃不成了，岂非大煞风景吗？

这样过了几年，小咪咪大概有八九岁了。虎子比它大三岁，十一二岁的光景。依然威风凛凛，脾气暴烈如故，见人就咬，大有死不改悔的神气。而小咪咪则出我意料地露出了下世的光景。常常到处小便，桌子上，椅子上，沙发上，无处不便。如果到医院里去检查的话，大夫在列举的病情中一定会有一条的：小便失禁。最让我心烦的是，它偏偏看上了我桌子上的稿纸。我正写着什么文章，然而它却根本不管这一套，跳上去，屁股往下一蹲，一泡猫尿流在上面，还闪着微弱的光。说我不急，那不是真的。我心里真急，但是，我谨遵我的一条戒律：决不打小猫一掌，在任何情况之下，也不打它。此时，我赶快把稿纸拿起来，抖掉了上面的猫尿，等它自己干。心里又好气，又好笑，真是哭笑不得。家人对我的嘲笑，我置若罔闻，"全等秋风过耳边"。

我不信任何宗教，也不皈依任何神灵。但是，此时我却有点想迷信一下。我期望会有奇迹出现，让咪咪的病情好转。可世界上是没有什么奇迹的，咪咪的病一天一天地严重起来。它不想回家，喜欢在房外荷塘边上石头缝里待着，或者藏在小山的树木丛里。它再也不在夜里睡在我的被子上了。每当我半夜里醒来，觉得棉被上轻飘飘的，我惘然若有所失，甚至有点悲伤了。我每天凌晨起来，第一件事情就是拿着手电到房外塘边山上去找咪咪。它浑身雪白，是很容易找到的。在薄暗中，我眼前白白地一闪，我就知道是咪咪。见了我，"咪噢"一声，起身向我走来。我把它抱回家，给它东西吃，它似乎根本没有胃口。我看了直想流泪。有一次，我拖着疲惫的身子，走几里路，到海淀的肉店里去买猪肝和牛肉。拿回来，喂给咪咪，它一闻，似乎有点想吃的样子；但肉一沾唇，它立即又把头缩回去，闭上眼睛，不闻不问了。

有一天傍晚，我看咪咪神情很不妙，我预感要发生什么事情。我唤它，它不肯进屋。我把它抱到篱笆以内，窗台下面。我端来两只碗，一只盛吃的，一只盛水。我拍了拍它的脑袋，它偎依着我，"咪噢"叫了两声，便闭上了眼睛。我放心进屋睡觉。第二天凌晨，我一睁眼，三步并作一步，手里拿着手电，到外面去看。哎呀不好！两碗全在，猫影顿杳。我心里非常难过，说不出是什么滋味。我手持手电找遍了塘边，山上，树后，草丛，深沟，石缝。有时候，眼前白光一闪。"是咪咪！"我狂喜。走近一看，是一张白纸。我嗒然若丧，心头仿佛被挖掉了点什么。"屋前屋后搜之遍，几处茫茫皆不见。"从此我就失掉了咪咪，它从我的生命中消逝了，永远永远地消逝了。我简直像是失掉了一个好友，一个亲人。至今回想起来，我内心里还颤抖不止。

在我心情最沉重的时候，有一些通达世事的好心人告诉我，猫们有一种特殊的本领，能知道自己什么时候寿终。到了此时此刻，它们决不待在主人家里，让主人看到死猫，感到心烦，或感到悲伤。它们总是逃了出去，到一个最僻静、最难找的角落里，地沟里，山洞里，树丛里，等候最后时刻的到来。因此，养猫的人大都在家里看不见死猫的尸体。只要自己的猫老了，病了，出去几天不回来，他们就知道，它已经离开了人世，不让举行遗体告别的仪式，永远永远不再回来了。

我听了以后，憬然若有所悟。我不是哲学家，也不是宗教家，但却读过不少哲学家和宗教家谈论生死大事的文章。这些文章多半有非常精辟的见解，闪耀着智慧的光芒，我也想努力从中学习一些有关生死的真理。结果却是毫无所得。那些文章中，除了说教以外，几乎没有什么有用的东西。大半都是老生常谈，不能解决什么实际问题，没能给我留下深刻的印象。现在看来，倒是猫们临终时的所作所为，即使仅仅是出于本能吧，却给了我很大的启发。人们难道就不应该向猫们学习这一点经验吗？有生必有死，这是自然规律，谁都逃不过。中国历史上的赫赫有名的人物，秦皇、汉武，还有唐宗，想方设法，千方百计，想求得长生不老。到头来仍然是竹篮子打水一场空，只落得黄土一抔，"西风残照汉家陵阙"。我辈平民百姓又何必煞费苦心呢？一个人早死几个小时，或者晚死几个小时，甚至几天，实在是无所谓的小事，决影响不了地球的转动，社会的前进。再退一步想，现在有些思想开明的人士，不想长生不死，不想在大地上再留黄土一抔；甚至开明到不要遗体告别，不要开追悼会。但是仍会给后人留下一些麻烦：登报，发讣告，还要打电话四处通知，总得忙上一阵。何不学一学猫们呢？它们这样处理生死大事，干得何等干净利索呀！一点痕迹也不留，走了，走了，永远地走了，让这花花世界的人们不见猫尸，用不着落泪，照旧做着花花世界的梦。

　　我忽然联想到我多次看过的敦煌壁画上的西方净土变。所谓"净土"，指的就是我们常说的天堂、乐园。是许多宗教信徒烧香念佛，查经祷告，甚至实行苦行，折磨自己，梦寐以求想到达的地方。据说在那里可以享受天福，得到人世间万万得不到的快乐。我看了壁画上画的房子、街道、树木、花草，以及大人、小孩，林林总总，觉得十分热闹。可我觉得没有什么出奇之处。只有一件事给我留下了永不磨灭的印象，那就是，那里的人们都是笑口常开，没有一个人愁眉苦脸，他们的日子大概过得都很惬意。不像在我们人间有这样许多不如意的事情，有时候办点事，还要找后门，钻空子。在他们的商店里——净土里面还实行市场经济吗？他们还用得着商店吗？——售货员大概都很和气，不给人白眼，不训斥"上帝"，不扎堆闲侃，不给人钉子碰。这样的天堂乐园，我也真是心向往之的。但是给我印象最深，使我最为吃惊或者羡慕的还是他们对待要死的人的态度。那里的人，大概同人世间的猫们差不多，能预先知道自己寿终的时刻。到了此时，要死的老嬷嬷或者老头，健步如飞地走在前面，身后簇拥着自己的子子孙孙、至亲好友，个个喜笑颜开，全无悲戚的神态，仿佛是去参加什么喜事一般，一直把老人送进坟墓。后事如何，壁画不是电影，是不能动的。然而画到这个程序，以后的事尽在不言中。如果一定要画上填土封坟，反而似乎是多此一举了。我觉得，净土中的人们给我们人类争了光。他们这一手比猫们又漂亮多了。知道必死，而又兴高采烈，多么豁达！多么聪明！猫们能做得到吗？这证明，净土里的人们真正参透了人生奥秘，真正参透了自然规律。人为万物之灵，他们为我们人类在同猫们对比之下真真增了光！真不愧是净土！

上面我胡思乱想得太远了，还是回到我们人世间来吧。我坦白承认，我对人生的奥秘参透得还不够，我对自然规律参透得也还不够。我仍然十分怀念我的咪咪。我心里仿佛有一个空白，非填起来不行。我一定要找一只同咪咪一模一样的白色波斯猫。后来果然朋友又送来了一只，浑身长毛，洁白如雪，两只眼睛全是绿的，亮晶晶像两块绿宝石。为了纪念死去的咪咪，我仍然为它命名"咪咪"，见了它，就像见到老咪咪一样。过了大约又有一年的光景，友人又送了我一只据说是纯种的波斯猫，两只眼睛颜色不同，一黄一蓝。在太阳光下，黄的特别黄，蓝的特别蓝，像两颗黄蓝宝石，闪闪发光，竞妍争艳。这只猫特别调皮，简直是胆大无边，然而也因此就更特别可爱。这一下子又忙坏了虎子，它认为这两只小猫都是自己的亲生女儿，硬逼着它们吮吸自己那干瘪的奶头。只要它走出去，不知在什么地方弄到了小鸟、蚱蜢之类，就带回家来，给两只小猫吃。好久没有听到的"咪噢"唤小猫的声音，现在又听到了。我心里漾起了一丝丝甜意。这大大地减轻了我对老咪咪的怀念。

可是岁月不饶人，也不会饶猫的。这一只"土猫"虎子已经活到十四岁：据通达世情的人们说，猫的十四岁，就等于人的八九十岁。这样一来，我自己不是成了虎子的同龄"人"了吗？这个虎子却也真怪。有时候，颇现出一些老相。两只炯炯有神的眼睛里忽然被一层薄膜蒙了起来。嘴里流出了哈喇子，胡子上都沾得亮晶晶的。不大想往屋里来，日日夜夜趴在阳台上蜂窝煤堆上，不吃，不喝。我有了老咪咪的经验，知道它快不行了。我也跑到海淀，去买来牛肉和猪肝，想让它不要饿着肚子离开这个世界。我随时准备着：第二天早晨一睁眼，虎子不见了。结果虎子并没有这样干。我天天凌晨第一件事就是来看虎子；隔着窗子，依然黑乎乎的一团，卧在那里。我心里感到安慰。有时候，它也起来走动了。我在本文开头时写的就是去年深秋一个下雨天我隔窗看到的虎子的情况。

到了今天，半年又过去了。虎子不但没有走，而且顽健胜昔，仍然是天天出去。有时候在晚上，窗外的布帘子的一角蓦地被掀了起来，一个丑角似的三花脸一闪。我便知道，这是虎子回来了，连忙开门，放它进来。大概同某一些老年人一样——不是所有的老年人——到了暮年就改恶向善，虎子的脾气大大地改变了。几乎再也不咬人了。我早晨摸黑起床，写作看书累了，常常到门外湖边山下去走一走。此时，我冷不防脚下忽然踢着了一团软乎乎的东西。这是虎子。它在夜里不知道在什么地方待了一夜，现在看到了我，一下子蹿了出来，用身子蹭我的腿，在我身前和身后转悠。它跟着我，亦步亦趋，我走到哪里，它就跟到哪里，寸步不离。我有时故意爬上小山，以为它不会跟来了，然而一回头，虎子正跟在身后。猫是从来不跟人散步的，只有狗才这样干。有时候碰到过路的人，他们见了这情景，都大为吃惊。"你看猫跟着主人散步哩！"他们说，露出满脸惊奇的神色。最近一个时期，虎子似乎更精力旺盛了，它返老还童了。有时候竟带一个它重孙辈的小公猫到我们家阳台上来。"今夜我们相识。"虎子用不着介绍就相识了。看样子，虎子一去不复返的日子遥遥无期了。我成了拥有三只猫的家庭的主人。

我养了十几年猫，前后共有四只。猫们向人们学习什么，我不通猫语，无法询问。我作为一个人却确实向猫学习了一些有用的东西。上面讲过的对处理死亡的办法，就是一个例子。我自己毕竟年纪已经很大了，常常想到死的问题。鲁迅五十多岁就想到了，我真是瞠乎后矣。人生必有死，这是无法抗御的。而且我还认为，死也是好事情。如果世界上的人都不死，连我们的轩辕老祖和孔老夫子今天依然峨冠博带，坐着奔驰车，到天安门去遛弯，你想人类世界会成一个什么样子！人是百代的过客，总是要走过去的，这决不会影响地球的转动和人类社会的进步。每一代人都只是一场没有终点的长途接力赛的一环。前不见古人，后不见来者，是宇宙常规。人老了要死，像在净土里那样，应该算是一件喜事。老人跑完了自己的一棒，把棒交给后人，自己要休息了，这是正常的。不管快慢，他们总算跑完了一棒，总算对人类的进步做出了贡献，总算尽上了自己的天职。年老了要退休，这是身体精神状况所决定的，不是哪个人能改变的。老人们会不会感到寂寞呢？我认为，会的。但是我却觉得，这寂寞是顺乎自然的，从伦理的高度来看，甚至是应该的。我始终主张，老年人应该为青年人活着，而不是相反。青年人有接力棒在手，世界是他们的，未来是他们的，希望是他们的。吾辈老年人的天职是尽上自己仅存的精力，帮助他们前进，必要时要躺在地上，让他们踏着自己的躯体前进，前进。如果由于害怕寂寞而学习《红楼梦》里的贾母，让一家人都围着自己转，这不但是办不到的，而且从人类前途利益来看是犯罪的行为。我说这些话，也许有人怀疑，我是不是碰到了什么不如意的事，才说出这样令某些人骇怪的话来。不，不，决不。我现在身体顽健，家庭和睦，在社会上广有朋友，每天照样读书、写作、会客、开会不辍。我没有不如意的事情，也没有感到寂寞。不过自己毕竟已逾耄耋之年，面前的路有限了。不免有时候胡思乱想。而且，我同猫们相处久了，觉得它们有些东西确实值得我们学习，我们这些万物之灵应该屈尊一下，学习学习。即使只学到猫们处理死亡大事这一手，我们社会上会减少多少麻烦呀！

　　"那么，你是不是准备学习呢？"我仿佛听到有人这样质问了。是的，我心里是想学习的。不过也还有些困难。我没有猫的本能，我不知道自己的大限何时来到。而且我还有点担心。如果我真正学习了猫，有一天忽然偷偷地溜出了家门，到一个旮旯里、树丛里、山洞里、河沟里，一头钻进去，藏了起来，这样一来，我们人类社会可不像猫社会那样平静，有些人必然认为这是特大新闻，指手画脚，喊喊喳喳。如果是在旧社会里或者在今天的香港等地的话，这必将成为头版头条的爆炸性新闻，不亚于当年的杨乃武和小白菜。我的亲属和朋友也必将派人出去寻找，派的人也许比寻找彭加木的人还要多。这是多么可怕的事呀！因此我就迟疑起来。至于最后究竟何去何从？我正在考虑、推敲、研究。

1992年2月17日

二月兰

> 花们好像是没有什么悲欢离合。应该开
> 时，它们就开。该消失时，它们就消失。它
> 们是"纵浪大化中"，一切顺其自然，自己
> 无所谓什么悲与喜。

一转眼，不知怎样一来，整个燕园竟成了二月兰的天下。

二月兰是一种常见的野花。花朵不大，紫白相间。花形和颜色都没有什么特异之处。如果只有一两棵，在百花丛中，决不会引起任何人的注意。但是它却以多胜，每到春天，和风一吹拂，便绽开了小花；最初只有一朵，两朵，几朵。但是一转眼，在一夜间，就能变成百朵，千朵，万朵，大有凌驾百花之势了。

我在燕园里已经住了四十多年。最初我并没有特别注意到这种小花。直到前年，也许正是二月兰开花的大年，我蓦地发现，从我住的楼旁小土山开始，走遍了全园，眼光所到之处，无不有二月兰

在。宅旁，篱下，林中，山头，土坡，湖边，只要有空隙的地方，都是一团紫气，间以白雾，小花开得淋漓尽致，气势非凡，紫气直冲云霄，连宇宙都仿佛变成紫色的了。

我在迷离恍惚中，忽然发现二月兰爬上了树，有的已经爬上了树顶，有的正在努力攀登，连喘气的声音似乎都能听到。我这一惊可真不小：莫非二月兰真成了精了吗？再定睛一看，原来是二月兰丛中的一些藤萝，也正在开着花，花的颜色同二月兰一模一样，所差的就仅仅是那一团白雾。我实在觉得我这个幻觉非常有趣。带着清醒的意识，我仔细观察起来：除了花形之外，颜色真是一般无二。反正我知道了这是两种植物，心里有了底。然而再一转眼，我仍然看到二月兰往枝头爬。这是真的呢？还是幻觉？——由它去吧。

自从意识到二月兰的存在以后，一些同二月兰有联系的回忆立即涌上心头。原来很少想到的或根本没有想到的事情，现在想到了；原来认为十分平常的琐事，现在显得十分不平常了。我一下子清晰地意识到，原来这种十分平凡的野花竟在我的生命中占有这样重要的地位。我自己也有点吃惊了。

我回忆的丝缕是从楼旁的小土山开始的。这一座小土山，最初毫无惊人之处，只不过两三米高，上面长满了野草。当年歪风狂吹时，每次"打扫卫生"，全楼住的人都被召唤出来拔草，不是"绿化"，而是"黄化"。我每次都在心中暗恨这小山野草之多。后来不知由于什么原因，把山堆高了一两米。这样一来，山就颇有一点山势了。东头的苍松，西头的翠柏，都仿佛恢复了青春，一年四季，郁郁葱葱。中间一棵榆树，从树龄来看，只能算是松柏的曾孙，然而也枝干繁茂，高枝直刺入蔚蓝的晴空。

我不记得从什么时候起我注意到小山上的二月兰。这种野花开花大概也有大年小年之别的。碰到小年，只在小山前后稀疏地开上那么几片。遇到大年，则山前山后开成大片。二月兰仿佛发了狂。我们常讲什么什么花"怒放"，这个"怒"字下得真是无比地奇妙。二月兰一"怒"，仿佛从土地深处吸来了一股原始力量，一定要把花开遍大千世界，紫气直冲云霄，连宇宙都仿佛变成紫色的了。

东坡的词说："人有悲欢离合，月有阴晴圆缺，此事古难全。"但是花们好像是没有什么悲欢离合。应该开时，它们就开。该消失时，它们就消失。它们是"纵浪大化中"，一切顺其自然，自己无所谓什么悲与喜。我的二月兰就是这个样子。

然而，人这个万物之灵却偏偏有了感情，有了感情就有了悲欢。这真是多此一举，然而没有法子。人自己多情，又把情移到花，"泪眼问花花不语"，花当然"不语"了。如果花真"语"起来，岂不吓坏了人！这些道理我十分明白。然而我仍然把自己的悲欢挂到了二月兰上。

当年老祖还活着的时候，每到春天二月兰开花的时候，她往往拿一把小铲，带一个黑书包，到成片的二月兰旁青草丛里去搜挖荠菜。只要看到她的身影在二月兰的紫雾里晃动，我就知道在午餐或晚餐的餐桌上必然弥漫着荠菜馄饨的清香。当婉如还活着的时候，她每次回家，只要二月兰还在开花，她离开时，她总穿过左手是二月兰的紫雾，右手是湖畔垂柳的绿烟，匆匆忙忙走去，把我的目光一直带到湖对岸的拐弯处。当小保姆杨莹还在我家时，她也同小山和二月兰结上了缘。我曾套清词写过三句话："午静携侣寻野菜，黄昏抱猫向夕阳，当时只道是寻常。"我的小猫虎子和咪咪还在世的时候，我也往往在二月兰丛里看到她们：一黑一白，在紫色中格外显眼。

所有这些琐事都是寻常到不能再寻常了。然而，曾几何时，到了今天，老祖和婉如已经永远永远地离开了我们。小莹也回了山东老家。至于虎子和咪咪也各自遵循猫的规律，不知钻到了燕园中哪一个幽暗的角落里，等待死亡的到来。老祖和婉如的走，把我的心都带走了。虎子和咪咪我也忆念难忘。如今，天地虽宽，阳光虽照样普照，我却感到无边的寂寥与凄凉。回忆这些往事，如云如烟，原来是近在眼前，如今却如蓬莱灵山，可望而不可即了。

对于我这样的心情和我的一切遭遇，我的二月兰无动于衷，照样自己开花。今年又是二月兰开花的大年。在校园里，眼光所到之处，无不有二月兰在。宅旁，篱下，林中，山头，土坡，湖边，只要有空隙的地方，都是一团紫气，间以白雾。小花开得淋漓尽致，气势非凡，紫气直冲霄汉，连宇宙都仿佛变成紫色的了。

这一切都告诉我，二月兰是不会变的，世事沧桑，于她如浮云。然而我却是在变的，月月变，年年变。我想以不变应万变，然而办不到。我想学习二月兰，然而办不到。不但如此，她还硬把我的记忆牵回到我一生最倒霉的时候。可是在砖瓦缝里二月兰依然开放，怡然自得，笑对春风，好像是在嘲笑我。

我当时日子实在非常难过。我知道正义是在自己手中，可是是非颠倒，人妖难分，我呼天天不应，叫地地不答，一腔义愤，满腹委屈，毫无生人之趣。在很长一段时间内，我成了"不可接触者"，几年没接到过一封信，很少有人敢同我打个招呼。我虽处人世，实为异类。

然而我一回到家里，老祖、德华她们，在每人每月只能得到恩赐十几元钱生活费的情况下，殚精竭虑，弄一点好吃的东西，希望能给我增加点营养；更重要的恐怕还是，希望能给我增添点生趣。婉如和延宗也尽可能地多回家来。我的小猫憨态可掬，偎依在我的身旁。她们不懂哲学，分不清两类不同性质的矛盾。人视我为异类，她们视我为好友，从来没有表态，要同我划清界限。所有这一些极其平常的琐事，都给我带来了无量的安慰。窗外尽管千里冰封，室内却是暖气融融。我觉得，在世态炎凉中，还有不炎凉者在。这一点暖气支撑着我，走过了人生最艰难的一段路，没有堕入深涧，一直到今天。

我感觉到悲，又感觉到欢。

到了今天，天运转动，否极泰来，不知怎么一来，我一下子成为"极可接触者"。到处听到的是美好的言辞，又到处见到的是和悦的笑容。我从内心里感激我这些新老朋友，他们绝对是真诚的。他们鼓励了我，他们启发了我。然而，一回到家里，虽然德华还在，延宗还在，可我的老祖到哪里去了呢？我的婉如到哪里去了呢？还有我的虎子和咪咪一世到哪里去了呢？世界虽照样朗朗，阳光虽照样明媚，我却感觉异样的寂寞与凄凉。

我感觉到欢，又感觉到悲。

　　我年届耄耋，前面的路有限了。几年前，我写过一篇短文，叫《老猫》，意思很简明。我一生有个特点：不愿意麻烦人。了解我的人都承认的。难道到了人生最后一段路上我就要改变这个特点吗？不，不，不想改变。我真想学一学老猫，到了大限来临时，钻到一个幽暗的角落里，一个人悄悄地离开人世。

　　这话又扯远了。我并不认为眼前就有制定行动计划的必要。我还有很多事情要做，而且我的健康情况也允许我去做。有一位青年朋友说我忘记了自己的年龄。这话极有道理。可我并没有全忘。有一个问题我还想弄弄清楚哩。按说我早已到了"悲欢离合总无情"的年龄，应该超脱一点了。然而在离开这个世界以前，我还有一件心事：我想弄清楚，什么叫"悲"？什么又叫"欢"？是我成为"不可接触者"时悲呢？还是成为"极可接触者"时欢？如果没有老祖和婉如的逝世，这问题本来是一清二白的。现在却是悲欢难以分辨了。我想得到答复。我走上了每天必登临几次的小山。我问苍松，苍松不语。我问翠柏，翠柏不答。我问三十多年来亲眼目睹我这些悲欢离合的二月兰，她也沉默不语，兀自万朵怒放，笑对春风，紫气直冲霄汉。

1993年6月11日写完

夹竹桃

> 你站在它下面，花朵是一团模糊；但是
> 香气却毫不含糊，浓浓烈烈地从花枝上袭了
> 下来。它把影子投到墙上，叶影参差，花影
> 迷离，可以引起我许多幻想。

夹竹桃不是名贵的花，也不是最美丽的花；但是，对我说来，它却是最值得留恋最值得回忆的花。

不知道由于什么缘故，也不知道从什么时候起，在我故乡的那个城市里，几乎家家都种上几盆夹竹桃，而且都摆在大门内影壁墙下，正对着大门口。客人一走进大门，扑鼻的是一阵幽香，入目的是绿蜡似的叶子和红霞或白雪似的花朵，立刻就感觉到仿佛走进自己的家门口，大有宾至如归之感了。

我们家的大门内也有两盆，一盆红色的，一盆白色的。我小的时候，天天都要从这下面走出走进。红色的花朵让我想到火，白色

的花朵让我想到雪。火与雪是不相容的;但是,这两盆花却融洽地开在一起,宛如火上有雪,或雪上有火。我顾而乐之,小小的心灵里觉得十分奇妙,十分有趣。

只有一墙之隔,转过影壁,就是院子。我们家里一向是喜欢花的;虽然没有什么非常名贵的花,但是常见的花却是应有尽有。每年春天,迎春花首先开出黄色的小花,报告春的消息。以后接着来的是桃花、杏花、海棠、榆叶梅、丁香等,院子里开得花团锦簇。到了夏天,更是满院葳蕤。凤仙花、石竹花、鸡冠花、五色梅、江西腊等,五彩缤纷,美不胜收。夜来香的香气熏透了整个的夏夜的庭院,是我什么时候也不会忘记的。一到秋天,玉簪花带来凄清的寒意,菊花报告花事的结束。总之,一年三季,花开花落,没有间歇;情景虽美,变化亦多。

然而,在一墙之隔的大门内,夹竹桃却在那里静悄悄地一声不响,一朵花败了,又开出一朵;一嘟噜花黄了,又长出一嘟噜;在和煦的春风里,在盛夏的暴雨里,在深秋的清冷里,看不出什么特别茂盛的时候,也看不出什么特别衰败的时候,无日不迎风弄姿,从春天一直到秋天,从迎春花一直到玉簪花和菊花,无不奉陪。这一点韧性,同院子里那些花比起来,不是形成一个强烈的对照吗?

但是夹竹桃的妙处还不止于此。我特别喜欢月光下的夹竹桃。你站在它下面,花朵是一团模糊;但是香气却毫不含糊,浓浓烈烈地从花枝上袭了下来。它把影子投到墙上,叶影参差,花影迷离,可以引起我许多幻想。我幻想它是地图,它居然就是地图了。这一堆影子是亚洲,那一堆影子是非洲,中间空白的地方是大海。碰巧有几只小虫子爬过，这就是远渡重洋的海轮。我幻想它是水中的荇藻，我眼前就真的展现出一个小池塘。夜蛾飞过映在墙上的影子就是游鱼。我幻想它是一幅墨竹，我就真看到一幅画。微风乍起，叶影吹动，这一幅画竟变成活画了。

有这样的韧性，能这样引起我的幻想，我爱上了夹竹桃。

好多好多年，我就在这样的夹竹桃下面走出走进。最初我的个儿矮，必须仰头才能看到花朵。后来，我逐渐长高了，夹竹桃在我眼中也就逐渐矮了起来。等到我眼睛平视就可以看到花的时候，我离开了家。

我离开了家，过了许多年，走过许多地方。我曾在不同的地方看到过夹竹桃，但是都没有留下深刻的印象。

两年前，我访问了缅甸。在仰光开过几天会以后，缅甸的许多朋友们热情地陪我们到缅甸北部古都蒲甘去游览。这地方以佛塔著名，有"万塔之城"的称号。据说，当年确有万塔。到了今天，数目虽然没有那样多了，但是，纵目四望；嶙嶙峋峋，群塔簇天，一个个从地里涌出，宛如阳朔群山，又像是云南的石林，用"雨后春笋"这一句老话，差堪比拟。虽然花草树木都还是绿的，但是时令究竟是冬天了，一片萧瑟荒寒气象。

然而就在这地方，在我们住的大楼前，我却意外地发现了老朋友夹竹桃。一株株都跟一层楼差不多高，以至我最初竟没有认出它们来。花色比国内的要多，除了红色的和白色的以外，记得还有黄色的。叶子比我以前看到的更绿得像绿蜡，花朵开在高高的枝头，更像片片的红霞、团团的白雪、朵朵的黄云。苍郁繁茂，浓翠逼人，同荒寒的古城形成了强烈的对比。

我每天就在这样的夹竹桃下走出走进。晚上同缅甸朋友们在楼上凭栏闲眺，畅谈各种各样的问题，谈蒲甘的历史，谈中缅文化交流，谈中缅两国人民的胞波的友谊。在这时候，远处的古塔渐渐隐入暮霭中，近处的几个古塔上却给电灯照得通明，望之如灵山幻境。我伸手到栏外，就可以抓到夹竹桃的顶枝。花香也一阵一阵地从下面飘上楼来，仿佛把中缅友谊熏得更加芬芳。

就这样，在对于夹竹桃的婉美动人的回忆里，又涂上了一层绚烂夺目的中缅人民友谊的色彩。我从此更爱夹竹桃。

1962年10月17日

春城忆广田

> 现在看到的昆明是一座充满了阳光、花朵、诗情、画意的春城，同全国各地一样，昆明在经过了一番磨炼之后，现在不是磨倒，而是磨炼得更美丽、更明朗、更生动、更清新。

昆明素有春城之称。这个称号真正是名副其实的。哪一个从外地来到这里的人，一下飞机，一下火车，不立刻就感到这里是春意盎然，春光无限呢？我们读旧小说，常常遇到"四时不谢之花，八节长春之草"之类的句子。我从前总以为，这是小说家言，不足信的；这只是用来描绘他们心目中的阆苑仙境的。然而，到了昆明以后，才知道，这并非幻想，而是事实。如果人世间真有阆苑仙境的话，那么昆明就是一个。

我对昆明并不陌生，我来到这里已经有五六次之多了。二十多年前，当我第一次到昆明的时候，我立刻就惊诧于这座城市风光之美丽，民风之淳朴。但是，我当时觉得，这里的街道还是比较狭窄的，铺的全是石头；街旁的建筑物也比较古老，都是用木头建成的。我脑海里立刻浮现出"边城"两个字，虽然我对于什么叫"边城"也并不是十分清楚的。

但是，这里的自然风光之美毕竟是非常可爱的。谈到这里的自然风光，那真可以说是有口皆碑。五百里滇池当然是名闻天下的。即如西山的巍峨，龙门的险峻，圆通山的花潮，曹溪寺的元梅，黑龙潭的清幽，华亭寺的堂皇，筇竹寺的五百罗汉和孔雀杉，金殿的铜瓦铜柱的大殿，大观楼的长联，省图书馆的收藏，所有这一切都给人留下深刻的印象，屡见于古往今来文人骚客的文章中，蔚为天下奇观。再谈到昆明以及云南各处的茶花，那真可以说是天下无二。我们平常见到的花，雄奇的很多，秀丽的也不少。但兼有二者之长的，却绝无仅有。"国色朝酣酒，天香夜染衣"，秀丽固秀丽矣，但雄奇则有所不足。高树顶上的槐花，雄奇固雄奇矣，秀丽则大为欠缺。兼有二者的，在印度我见到的有木棉花，在中国则是茶花。试想在高大的树上开着碗口大的五颜六色的花朵，秀色夺人眼目，姿态快人胸怀，绚丽多彩，宛如天空中一朵朵云霞，我们这些生长在北国的只见过雄奇而不秀丽，或只秀丽而不雄奇的花朵的人，看到这一些，难道能不为之惊叹不置吗？

倘若我们再登上龙门远眺，我们那惊叹不置的程度决不会下于看到茶花。这里真称得上是天下奇景。试闭目想一想，在壁立千仞的悬崖峭壁上，硬是用人力一斧一凿，凿出了一条曲径、几座庙宇、许许多多的对联、无数尊的神像，难道不感到简直有点不可思议吗？这些对联决不是空话俗套，而是描写了眼前的景色，抒发了人们登临的感受。"一径起细雨，千林散绿荫"，情景宛在眼前。"仰笑宛离天尺五，凭临恰在水中央"，把山高水长的景色描绘得具体生动。这只能用到龙门，决不能移用到别处。所谓"水中央"当然是指的滇池。我们站在龙门最高处，俯瞰滇池，下临无地，五百里滇池尽收眼底。风帆点点，烟水茫茫，稻田青青，堤岸长长。古人诗云："气吞云梦泽，波撼岳阳城。"我们站在这里，大有"波撼昆明城"之感。甚至在水天渺茫中，我们仿佛还感到我们所在的龙门，都在随着水波的滚翻而轻轻地震摇。这就不仅是"波撼昆明城"，而是"波撼龙门巅"了。这还只是眼前的景色。这里还有许多优美的神话传说。比如对孝牛泉的传说等。最优美的还是关于龙门最高处那一个奎星像的传说。这一座奎星像也是同其他庙宇神像一样是完全用石头雕成的。据说一个石匠用了毕生精力，雕凿这一座神像。雕到最后，只剩下奎星手中拿着的那一支笔了。也许是因为耗尽了精力，竟然失手把笔凿断。他一时怒恨交加，纵身投下悬崖，以身殉艺。不管这传说是真是假，不是对我们都很有启发吗？

　　这样的自然风光固然非常迷人。这里的淳朴民风迷人的程度决不下于自然风光。外地到过昆明的人都会异口同声表示同感。我常常跟朋友开玩笑说，我不但迷信相面，而且还迷信相声（不是那个曲艺的相声）。我相信，从一个人的方言的声调中可以听出他的性格来。昆明的方言的声调透露出什么样的性格来呢？透露的是：淳朴、正直、热情、忠厚。当我第一次到昆明来的时候，从本地人说话的声调中，我就得了这样一个印象。以后我多次到过昆明，同本地人接触越来越多，就充分证实了我的印象。许多大大小小的事情，越来越证明我的看法颇有一些道理。前几天我在宾馆里同一位老同志开玩笑，说到我的迷信。他经过仔细地品味和考虑，竟然同意了我的看法。这就使我颇有点沾沾自喜了。真的，到过昆明的人，同本地人一接触，谁会不为他们那种诚恳淳朴的言谈举动所感动呢？谁会不感到来到这座春城就像处在盎然的春意中而怡然自得呢？在这样的情况下，我也就越来越喜欢昆明，越来越爱昆明人了。

昆明风光之美丽，民风之淳朴，确实都是值得赞美的，值得怀念的。但是昆明，也像全国各地一样，曾经经受过一番剧烈的凄风苦雨。在风雨交加中，我是泥菩萨过江，自身难保。有时候，特别是在失掉自由的时候，也胡思乱想，想到自己平生美好的际遇，想到所见所闻给我印象最深的人物和地方，其中当然也有昆明。一想到昆明的风光和民风，脑海里立刻就横七竖八地插上了一些茶花的影子、龙门的影子，耳边也仿佛响起了昆明人说话淳朴的声音。但是紧接着想到的就是：这些都是过去的事情了，与自己无缘了。自己今生大概再也不会重新见到昆明了。我是多么想念昆明啊！

但是，出我意料之外地快，凄风苦雨终于过去了，我没有敢期望再见到的东西又见到了。对我来讲，简直像是一个奇迹：我现在又来到了昆明。我的那种边城之感，在前几次来的时候已经消逝无踪。现在看到的昆明是一座充满了阳光、花朵、诗情、画意的春城，同全国各地一样，昆明在经过了一番磨炼之后，现在不是磨倒，而是磨炼得更美丽、更明朗、更生动、更清新。我感到在这里太阳特别明亮，天空特别蔚蓝，空气特别新鲜，微风特别宜人，树木特别浓绿，花朵特别红艳。到了春城，我自然而然地想到唐代诗人韩翃的一首著名的诗《寒食》：

春城无处不飞花，
寒食东风御柳斜。
日暮汉宫传蜡烛，
轻烟散入五侯家。

又是出我的意料，我在到昆明的当天下午带一位年轻的同志游翠湖的时候，竟在那里举办的一个花展和画展上看到有人用酣畅的书法书写的这一首诗。可见昆明人也是把这座春城同这一首名诗联系在一起的。我心里窃窃自喜。从此我又想到，昆明是一座有文化的城，这里的人是有高度文化的人。你只要看一看那些花盆上雕刻的字和画，甚至蒸鸡用的汽锅上的画和字，就能够知道，这里文化水平是多么高了。

我来到这里，当然不仅仅是欣赏花盆上和汽锅上的诗与画。我又到处去走了走。昆明的名胜古迹很多，我前几次来时，都已游遍，而且游了不止一次。但是这些地方都是百看不厌的，我这次当然不会放过重游的机会。我又游了龙门、华亭寺、太华寺、筇竹寺、曹溪寺、圆通寺、珍珠泉、温泉等地，在所谓"天下第一汤"

的泉水洗了澡，而且还长途跋涉重游了石林，到处风光如旧而胜于旧。我到处重温旧梦，颇多感慨。在风雨飘摇中，这些古迹基本上没有遭到破坏，这是十分令人宽慰的。特别是游圆通寺的时候，我的感慨更是特别多。上一次来游时，大殿神像，完整无缺，回廊清池，一片肃穆气象，颇有"曲径通幽处，禅房花木深"之感。这次重游，寺院正在修缮，到处零乱地堆砖石，许多塑像都已不见。我一方面慨叹那种罪恶的破坏，使我憎恨过去的那一些蠢事。但是，在另一方面，看到重新油漆彩绘的殿堂，我眼前好像是乌云消尽，阳光普照，又对当前和将来，充满了希望。我们伟大的祖国，我们伟大祖国的未来，毕竟是蒸蒸日上、光辉无量的，不是任何人可以破坏得了的。我能不兴会淋漓、逸兴遄飞吗？

特别令我忆念难忘的是著名京剧演员关肃霜同志，她主演了全本《铁弓缘》。我虽然看了几十年京剧，但对京剧却完全是一个外行。不过外行也有外行的优点，他没有框框，不懂得清规戒律，他能看出一般内行人因囿于习惯而看不出来的东西。我自命就是这样一个外行。我真是惊诧于她那技巧的纯熟，功力的深厚，文武双全，唱做俱佳。在全国京剧演员中，像她这样的人才，恐怕已如凤毛麟角绝无仅有了。以半百之年，而且在饱经风霜之后，竟然还能达到这样炉火纯青的水平，我们所有观看她演出的人们无不啧啧称扬，赞不绝口，难道是偶然的吗？当我们上台感谢她的演出时，她再三强调，自己演得不好。这种虚怀若谷的精神，更使我们非常感动。我上面再三讲到昆明人情之美。据我了解，关肃霜同志不是昆明人，但在昆明已经住了几十年，我现在把她也当作昆明人的代表，我想昆明人和她自己大概都不会出来反对吧！

　　总之，所有这一些风光之美，人情之美，这一次重游昆明，我都已经充分地享受到了。我真是感到无限的喜悦，无限的兴奋。在昆明短暂的停留，日子过得简直像在天堂里一般。但是，在我的内心深处我总感到好像缺少点什么，我感到有点不足，有点惘然，有点寂寞，有点凄凉，有点惆怅，有点悲哀。古人的诗说："冠盖满京华，斯人独憔悴。"我想改一改："冠盖满昆明，斯人独已逝。"昆明就缺少了一个人，这一个人在我前几次来昆明时，总是要见一面的。尽管时间极短，但是情谊很深。我之所以常常怀念昆明，同他也是不无关联的。然而，这一次重来，他却到哪里去了呢？我是多么怀念这个人啊！

　　这个人不是别人，就是李广田同志。

　　他原名曦晨，不知从什么时候改名广田。我们在中学并不是同学，第一次见面的情景，现在也回忆不清了。不知怎么一来，我们就认识了。在北京读书的时候，他在北大，我在清华。距离虽然很远，但也时常见面。他有时候从城内长途跋涉，到清华园去看我。相聚的时间不长，我却是非常喜欢他的。他的为人，正如他的诗文一样，恳切真挚，朴素无华，真正是文如其人，或者人如其文。后来，我离开祖国，到一个很遥远的地方去待了十多年。因为当时我们国家和世界上都正是多事之秋，我们没有能够通信。我回国以后，到了北京，他不久也到了北京。碰巧我们俩都担任了北京一个中学的校董。开会时又常常见面，一面叙旧，一面谈新，过了一段非常愉快的日子。又过了不久，他调到昆明在云南大学担任领导职务。我那时还没有到过昆明，只是从书本上和人们的口中知道昆明的情况，是所谓"四时无寒暑，一雨便成冬"的容易引起人们幻想的地方。曦晨这样一个人，到昆明这样一个地方来，我觉得真是珠联璧合，相得益彰。我为他祝贺，也为昆明祝贺。他调来昆明的第三年，我第一次到了昆明，同曦晨见了面。一别三年，他乡音无改，衣着如旧，站在我面前的还是那一个恳切真挚、朴素无华的我多年见惯了的曦晨。我们都没有想到我们竟在万里之外见了面，我心里真是非常地高兴。以后，我几次到过或经过昆明，又同曦晨见过几面，都给我带来了极大的愉快。有时候在报纸杂志上读到他写的诗文，也都感到异常的亲切。

今天我又由于一个偶然的机会，来到了这一座我梦寐以求的春城。我重游了许多地方，重温了旧梦。自然风光之美和人情之美越使我高兴，我就越惘然若有所失，时时处处不禁悲从中来。那一个在我的记忆中同这一座春城总是联系在一起的人哪里去了呢？大街上，我看到熙熙攘攘的行人。这些人都是好人，都有愉快地自由地生存的权利，都有为祖国献身的权利，都有享受这一座春城的权利。然而我怀念的那一个人就没有这权利吗？在林林总总的人群中为什么独独竟少了那一个人呢？他同我岁数差不多，他是能够活下来的。他热爱新中国，热爱新中国的教育事业；他热爱生活，热爱这一座春城。他有一颗热忱的心，能够为祖国的教育事业贡献力量。他手里有一支生花的妙笔，他能够鼓吹升平，歌唱我们这一个太平盛世。他曾经高歌：

　　春光似海，

　　盛世如花。

　　他是多么热爱这似海的春光、如花的盛世啊！然而，这样一个人到哪里去了呢？我也是热爱这似海的春光、如花的盛世的，但我只觉得茫茫大地，独缺此人。我心灵里的空虚是无论如何也填补不起来的。我感到寂寞，感到凄凉；为了他，我将永远感到寂寞，感到凄凉。

　　我本来就是热爱这春城昆明的，现在又增加了一个促使我爱的因素。这里是广田生活过的地方，工作过的地方，他的遗骨又埋在这里。这就会使我的记忆的丝缕永远萦绕在一座美丽的春城周围。我将永远怀念广田，永远爱这座春城。

1979年3月2日

第五章

知命亦不惧，自为常自新

我觉得，每一个人的一生都是一场拼搏。

人的降生，都是被动的，并非出于个人愿望。

既然来到人间，就必须活下去。

然而，活下去却并不容易，

包括旧时代的皇帝在内，

馅儿饼并不从天上自动掉到你的嘴里来，

你必须去拼搏。

这是一个人生存的首要任务。

成功

> 天资是由"天"来决定的，我们无能为
> 力。机遇是不期而来的，我们也无能为力。
> 只有勤奋一项完全是我们自己决定的，我们
> 必须在这一项上狠下工夫。

什么叫成功？顺手拿来一本《现代汉语词典》，上面写道："成功：获得预期的结果。"言简意赅，明白之至。

但是，谈到"预期"，则错综复杂，纷纭混乱。人人每时每刻每日每月都有大小不同的预期，有的成功，有的失败，总之是无法界定，也无法分类，我们不去谈它。

我在这里只谈成功，特别是成功之道。这又是一个极大的题目，我却只是小做。积七八十年之经验，我得到了下面这个公式：

天资+勤奋+机遇=成功

"天资"，我本来想用"天才"；但天才是个稀见现象，其中

不少是"偏才"，所以我弃而不用，改用"天资"，大家一看就明白。这个公式实在是过分简单化了，但其中的含义是清楚的。搞得太烦琐，反而不容易说清楚。

谈到天资，首先必须承认，人与人之间天资是不相同的，这是一个事实，谁也否定不掉。学术界和文艺界自命天才的人颇不稀见，我除了羡慕这些人"自我感觉过分良好"外，不敢赞一辞。对于自己的天资，我看，还是客观一点好，实事求是一点好。

至于勤奋，一向为古人所赞扬。囊萤、映雪、悬梁、刺股等故事流传了千百年，家喻户晓。韩文公的"焚膏油以继晷，恒兀兀以穷年"，更为读书人所向往。如果不勤奋，则天资再高也毫无用处。事理至明，无待饶舌。

谈到机遇，往往为人所忽视。它其实是存在的，而且有时候影响极大。就以我自己为例，如果清华不派我到德国去留学，则我的一生完全不会像现在这个样子。

把成功的三个条件拿来分析一下，天资是由"天"来决定的，我们无能为力。机遇是不期而来的，我们也无能为力。只有勤奋一项完全是我们自己决定的，我们必须在这一项上狠下工夫。在这里，古人的教导也多得很。还是先举韩文公。他说"业精于勤荒于嬉，行成于思毁于随"，这两句话是大家都熟悉的。

王静安在《人间词话》中说："古今之成大事业大学问者必经过三种之境界。'昨夜西风凋碧树，独上高楼，望尽天涯路'。此第一境也。'衣带渐宽终不悔，为伊消得人憔悴'。此第二境也。'众里寻他千百度，蓦然回首，那人却在，灯火阑珊处'。此第三境也。"静安先生第一境写的是预期。第二境写的是勤奋。第三境写的是成功。其中没有写天资和机遇。我不敢说，这是他的疏漏，因为写的角度不同。但是，我认为，补上天资与机遇，似更为全面。我希望，大家都能拿出"衣带渐宽终不悔"的精神来从事做学问或干事业，这是成功的必由之路。

2000年1月7日

牵就与适应

　　"适应"的宾语，同"牵就"不一样，
它是好的事物，进步的事物；即使开始时有
点困难，也必能心悦诚服地予以克服。

　　牵就，也作"迁就"。"牵就"和"适应"，是我们说话和行
文时常用的两个词儿，含义颇有些类似之处；但是，一仔细琢磨，
二者间实有差别，而且是原则性的差别。

　　根据词典的解释，《现代汉语词典》注"牵就"为"迁就"和
"牵强附会"。注"迁就"为"将就别人"，举的例是："坚持原
则，不能迁就。"注"将就"为"勉强适应不很满意的事物或环
境"。举的例是"衣服稍微小一点，你将就着穿吧！"注"适应"
为"适合（客观条件或需要）"。举的例子是"适应环境"。
"迁就"这个词儿，古书上也有，《辞源》注为"舍此取彼，委曲
求合"。

我说，二者含义有类似之处，《现代汉语词典》注"将就"一词时就使用了"适应"一词。

词典的解释，虽然头绪颇有点乱，但是，归纳起来，"牵就（迁就）"和"适应"这两个词儿的含义还是清楚的。"牵就"的宾语往往是不很令人愉快、令人满意的事情。在平常的情况下，这种事情本来是不能或者不想去做的。极而言之，有些事情甚至是违反原则的，违反做人的道德的，当然完全是不能去做的。但是，迫于自己无法掌握的形势，或者出于利己的私心，或者由于其他的什么原因，非做不行，有时候甚至昧着自己的良心，自己也会感到痛苦的。

根据我个人的语感，我觉得，"牵就"的根本含义就是这样，词典上并没有说清楚。

但是，又是根据我个人的语感，我觉得，"适应"同"牵就"是不相同的。我们每一个人都会经常使用"适应"这个词儿的。不过在大多数的情况下，我们都是习而不察。我手边有一本沈从文先生的《花花朵朵坛坛罐罐》，汪曾祺先生的《代序：沈从文转业之谜》中有一段话说："一切终得变，沈先生是竭力想适应这种'变'的。"这种"变"，指的是解放。沈先生写信给人说："对于过去种种，得决心放弃，从新起始来学习。这个新的起始，并不一定即能配合当前需要，惟必能把握住一个进步原则来肯定，来完成，来促进。"沈从文先生这个"适应"，是以"进步原则"来适应新社会的。这个"适应"是困难的，但是正确的。我们很多人在中华人民共和国成立初期都有类似的经验。

　　再拿来同"牵就"一比较，两个词儿的不同之处立即可见。"适应"的宾语，同"牵就"不一样，它是好的事物，进步的事物；即使开始时有点困难，也必能心悦诚服地予以克服。在我们的一生中，我们会经常不断地遇到必须"适应"的事务，"适应"成功，我们就有了"进步"。

　　简截说：我们须"适应"，但不能"牵就"。

1998年2月4日

藏书与读书

> 我们必须认真继承这个在世界上比较突
> 出的优秀传统，要读书，读好书。只有这
> 样，我们才能上无愧于先民，下造福于子孙
> 万代。

有一个平凡的真理，直到耄耋之年，我才顿悟：中国是世界上
最喜藏书和读书的国家。

什么叫书？我没有能力，也不愿意去下定义。我们姑且从孔老
夫子谈起吧。他老人家读《易》，至于韦编三绝，可见用力之勤。
当时还没有纸，文章是用漆写在竹简上面的，竹简用皮条拴起来，
就成了书。翻起来很不方便，读起来也有困难。我国古时有一句
话，叫作"学富五车"，说一个人肚子里有五车书，可见学问之
大。这指的是用纸做成的书，如果是竹简，则五车也装不了多少
部书。

后来发明了纸。这一来写书方便多了；但是还没有发明印刷术，藏书和读书都要用手抄，这当然也不容易。如果一个人抄的话，一辈子也抄不了多少书。可是这丝毫也阻挡不住藏书和读书者的热情。我们古籍中不知有多少藏书和读书的故事，也可以叫作佳话。我们浩如烟海的古籍，以及古籍中所寄托的文化之所以能够流传下来，历千年而不衰，我们不能不感谢这些爱藏书和读书的先民。

后来我们又发明了印刷术。有了纸，又能印刷，书籍流传方便多了。从这时起，古籍中关于藏书和读书的佳话，更多了起来。宋版、元版、明版的书籍被视为珍品。历代都有一些藏书家，什么绛云楼、天一阁、铁琴铜剑楼、海源阁等，说也说不完。有的已经消失，有的至今仍在，为我们新社会的建设服务。我们不能不感激这些藏书的祖先。

至于专门读书的人，历代记载更多。也还有一些关于读书的佳话，什么囊萤映雪之类。有人做过试验，无论萤和雪都不能亮到让人能读书的程度，然而在这一则佳话中所蕴含的鼓励人们读书的热情则是大家都能感觉到的。还有一些鼓励人读书的话和描绘读书乐趣的诗句。"书中自有颜如玉"之类的话，是大家都熟悉的，说这种话的人的"活思想"是非常不高明的，不会得到大多数人的赞赏。至于"四时读书乐"一类的诗，也是大家所熟悉的。可惜我童而习之，至今老朽昏聩，只记住了一句"绿满窗前草不除"，这样的读书情趣也是颇能令人向往的。此外如"红袖添香夜读书"之类的读书情趣，代表另一种趣味。据鲁迅先生说，连大学问家刘半农也向往，可见确有动人之处了。"雪夜闭门读禁书"代表的情趣又自不同，又是"雪夜"，又是"闭门"，又是"禁书"，不是也颇有人向往吗？

　　这样藏书和读书的风气，其他国家不能说一点没有；但是据浅见所及，实在是远远不能同我国相比。因此我才悟出了"中国是世界上最爱藏书和读书的国家"这一条简明而意义深远的真理。中国古代光辉灿烂的文化有极大一部分是通过书籍流传下来的。到了今天，我们全体炎黄子孙如何对待这个问题，实际上是每个人都回避不掉的。我们必须认真继承这个在世界上比较突出的优秀传统，要读书，读好书。只有这样，我们才能上无愧于先民，下造福于子孙万代。

1991年7月5日

学外语

> 学外语也没有捷径，人人平等，都要付出劳动。市场卖的这种学习法、那种学习法，多不可信。什么方法也离不开个人的努力和勤奋。

一

现在全国正弥漫着学外语的风气，学习的主要是英语，而这个选择是完全正确的。因为英语实际上已经成了一种世界语。学会了英语，几乎可以走遍天下，碰不到语言不通的困难。水平差的，有时要辅之以一点手势。那也无伤大雅，语言的作用就在于沟通思想。在一般生活中，思想决不会太复杂的。懂一点外语，即使有点洋泾浜，也无大碍，只要"老内"和"老外"的思想能够沟通，也就行了。

学外语难不难呢？有什么捷径呢？俗话说："天下无难事，只怕有心人。"所谓"有心人"，我理解，就是有志向去学习又肯动脑筋的人。高卧不起，等天上落下馅儿饼来的人是绝对学不好外语的，别的东西也不会学好的。

至于"捷径"问题，我想先引欧洲古代大几何学家欧几里德（也许是另一个人，年老昏聩，没有把握）对国王说："几何学里面没有御道！""御道"，就是皇帝走的道路。学外语也没有捷径，人人平等，都要付出劳动。市场卖的这种学习法、那种学习法，多不可信。什么方法也离不开个人的努力和勤奋。这些话都是老生常谈，但是，说一说决不会有坏处。

根据我个人经验，学外语学到百分之五六十，甚至七八十，也并不十分难。但是，我们不学则已，要学就要学到百分之九十以上，越高越好。不到这个水平你的外语是没有用的，甚至会出娄子的。我这样说，同上面讲的并不矛盾。上面讲的只是沟通简单的思想，这里讲的却是治学、译书、做重要口译工作。现在市面上出售为数不太少的译本，错误百出，译文离奇。这些都是一些急功近利，水平极低而又懒得连字典都不肯查的译者所为。说句不好听的话，这些都是假冒伪劣的产品，应该归入严打之列的。

我常有一个比喻：我们这些学习外语的人，好像是一群鲤鱼，在外语的龙门下洑游。有天资肯努力的鲤鱼，经过艰苦的努力，认真钻研，锲而不舍，一不耍花招，二不找捷径，有朝一日风雷动，一跳跳过了龙门，从此变成了一条外语的龙，他就成了外语的主人，外语就为他所用。如果不这样做的话，则在龙门下游来游去，不肯努力，不肯钻研，就是游上一百年，他仍然是一条鲤鱼。如果是一条安分守己的鲤鱼，则还不至于害人。如果不安分守己，则必然堕入假冒伪劣之列，害人又害己。

做人要老实，学外语也要老实。学外语没有什么万能的窍门。俗语说："书山有路勤为径，学海无涯苦作舟。"这就是窍门。

二

前不久，我写过一篇《学外语》，限于篇幅，意犹未尽，现在再补充几点。

学外语与教外语有关，也就是与教学法有关，而据我所知，外语教学法国与国之间是不相同的，仅以中国与德国对比，其悬殊立见。中国是慢吞吞地循序渐进，学了好久，还不让学生自己动手查字典，读原著。而在德国，则正相反。据说19世纪一位大语言学家说过："学外语有如学游泳，把学生带到游泳池旁，一一推下水去；只要淹不死，游泳就学会了，而淹死的事是绝无仅有的。"我学俄文时，教师只教我念了念字母，教了点名词变化和动词变化，立即让我们读果戈理的《鼻子》，天天拼命查字典，苦不堪言。然而学生的主动性完全调动起来了。一个学期，就念完了《鼻子》和一本教科书。实践是检验真理的唯一标准，德国的实践证明，这样做是有成效的。

我还想根据我的经验和观察在这里提个醒：那些已经跳过了外语龙门的学者们是否就可以一劳永逸地吃自己的老本呢？我认为，

这吃老本的思想是非常危险的。一个简单的事实往往为人们所忽略，世界上万事万物无不在随时变化，语言何独不然！一个外语学者，即使已经十分纯熟地掌握了一门外语，倘若不随时追踪这一门外语的变化，有朝一日，他必然会发现自己已经落伍了，连自己的母语也不例外。一个人在外国待久了，一旦回到故乡，即使自己"乡音未改"，然而故乡的语言，特别是词汇却有了变化，有时你会听不懂了。

我讲点个人的经验。当我在欧洲待了将近十一年回国时，途经西贡和香港，从华侨和华人口中听到了"搞"这个字和"伤脑筋"这个词儿，就极使我"伤脑筋"。我去国之前没有听说过。"搞"字是一个极有用的字，有点像英文的do。现在"搞"字已满天飞了。当我在80年代重访德国时，走进了饭馆，按照四五十年前的老习惯，呼服务员为hever ofer，他瞪目以对。原来这种称呼早已被废掉了。

因此，我就想到，不管你今天外语多么好，不管你是一条多么精明的龙，你必须随时注意语言的变化，否则就会出笑话。中国古人说："学如逆水行舟，不进则退。"要时刻记住这句话。我还想建议：今天在大学或中学教外语的老师，最好是每隔五年就出国进修半年，这样才不至为时代抛在后面。

三

前不久，我在《夜光杯》上发表了两篇谈学习外语的千字文，谈了点个人的体会，卑之无甚高论，不意竟得了一些反响。有的读者直接写信给我，有的写信给《夜光杯》的编辑。看来非再写一篇不行了。我不可能在一篇短文中答复所有的问题，我现在先对上海胡英琼同志提出的问题说一点个人的意见，这意见带有点普遍意义，所以仍占《夜光杯》的篇幅。

我在上述两篇千字文中提出的意见，归纳起来，不出以下诸端：第一，要尽快接触原文，不要让语法缠住手脚，语法在接触原文过程中逐步深化。第二，天资与勤奋都需要，而后者占绝大的比重。第三，不要妄想捷径，外语中没有"御道"。

学习了英语再学第二外语德语，应该说是比较容易的。英语和德语同一语言系属，语法前者表面上简单，熟练掌握颇难；后者变化复杂，特别是名词的阴、阳、中三性，记得极为麻烦，连本国人都头痛。背单词时，要连同词性der、die、das一起背，不能像英文那样只背单词。发音则英文极难，英文字典必须使用国际音标。德文则一字一音，用不着国际音标。

学习方法仍然是我讲的那一套：尽快接触原文，不惮勤查字典，懒人是学不好任何外语的，连本国语也不会学好。胡英琼同志的具体情况和具体要求，我完全不清楚。信中只谈到德文科技资料，大概胡同志目前是想集中精力攻克这个难关。

我想斗胆提出一个"无师自通"的办法，供胡同志和其他读者参考。你只需要找一位通德语的人，用上两三个小时，把字母读音学好。从此你就可以丢掉老师这个拐棍，自己行走了。你找一本有可靠的汉文译文的德文科技图书，伴之以一本浅易的德文语法。先把语法了解个大概的情况，不必太深入，就立即读德文原文，字典反正不能离手，语法也放在手边。一开始必然如堕入五里雾中。读不懂，再读，也许不止一遍两遍。等到你认为对原文已经有了一个大概的了解，为了验证自己了解的正确程度，只是到了此时，才把那一本可靠的译本拿过来，看看自己了解得究竟如何。就这样一页页读下去，一本原文读完了，再加以努力，你慢慢就能够读没有汉译本的德文原文了。

　　科技名词，英德颇有相似之处，记起来并不难，而且一般说来，科技书的语法都极严格而规范，不像文学作品那样不可捉摸。我为什么再三说"可靠的"译本呢？原因极简单，现在不可靠的译本太多太多了。

1997年3月27日

我是怎样研究起梵文来的

> 一个人如果真正爱上了一门学科，那么，日日夜夜的艰苦劳动，甚至对身体的某一些折磨，都会欣然忍受，不以为意。

我是怎样研究起梵文来的？这确实是一个很有意思的问题。对于这个问题，我过去没有考虑过。我考虑得最多的反而是另一个问题：如果我现在能倒转回去50年的话，我是否还会走上今天这样一条道路？然而，对于这个问题，我的答复一直是摇摇摆摆，不太明确。这里就先不谈它了。

我现在只谈我是怎样研究起梵文来的。我在大学念的是西方文学，以英文为主，辅之以德文和法文。当时清华大学虽然规定了一些必修课，但是学生还可以自由选几门外系的课。我大概从一开始就是一个杂家，爱好的范围很广。我选了不少外系的课。其中之一就是朱光潜先生的"文艺心理学"。另一门是陈寅恪先生的"佛经翻译文学"。后者以《六祖坛经》为课本。我从来就不相信任何宗教，但是对于佛教却有浓厚的兴趣。因为我知道，中国同印度有千丝万缕的文化关系，很想了解一下，只是一直没有得到机会。陈先生的课开阔了我的眼界，增强了我的兴趣。我曾同几个同学拜谒陈先生，请他开梵文课。他明确答复，他不能开。在当时看起来，我在学习梵文方面就算是绝了望。

但是，天底下的事情偶然性有时是会起作用的。大学毕业后，我在故乡里的高中教了一年国文。一方面因为不结合业务；另一方面我初入社会，对有一些现象看不顺眼，那一只已经捏在手里的饭碗大有摇摇欲坠之势，我的心情因而非常沉重。正在这走投无路的关键时刻，天无绝人之路，忽然来了一个偶然的机会，我有了到德国去学习的可能。德国对梵文的研究，是颇有一点名气的，历史长，名人多，著作丰富，因此有很大的吸引力。各国的梵文学者很多是德国培养出来的，连印度也不例外。有了这样一个机会，我那藏在心中很多年的夙愿一旦满足，喜悦之情是无法形容的。

到了德国，入哥廷根（Göttingen）大学从瓦尔德施密特（E. Waldschmidt）教授学习梵文和巴利文。他给我出的论文题目是关于印度古代俗语语法变化，从此就打下了我研究佛教混合梵文的基础。苦干了五年，论文通过、口试及格。由于战争，回国有困难，被迫留在那个小城里。瓦尔德施密特教授应召从军。他的前任西克（E. Sieg）教授年届八旬，早已退休。这时就出来担任教学工作。实际上只有我一个学生。西克教授是闻名全世界的研究吐火罗文的权威。费了几十年的精力把这种语言读通了的就是他。这位老人，虽然年届耄耋，但是待人亲切和蔼，对我这个异邦的青年更是寄托着极大的希望。他再三敦促我跟他学习吐火罗文和吠陀。我却不过他的美意，就开始学习。这时从比利时来了一个青年学者，专门跟西克教授学习吐火罗文。到了冬天，大雪蔽天，上完课以后，往往已到黄昏时分。我怕天寒路滑，老人路上出危险，经常亲自陪西克先生回家。我扶着他走过白雪皑皑的长街，到了他家门口，看着他的背影消失在薄暗中，然后才回家。此景此情，到现在已相距四十年，每一忆及，温暖还不禁涌上心头。

当时我的处境并不美妙。在自己的祖国，战火纷飞，几年接不到家信，"烽火连三月，家书抵万金"。没有东西吃，天天饿得晕头转向，头顶上时时有轰炸机飞过，机声震动全城，仿佛在散布着死亡。我看西克先生并不在意，每天仍然坐在窗前苦读不辍，还要到研究所去给我们上课。我真替他捏一把汗。但是他自己却处之泰然。这当然会影响了我。我也在机声嗡嗡、饥肠辘辘中终日伏案，置生死于度外，焚膏油以继晷，同那些别人认为极端枯燥的死文字拼命。时光一转眼就过去了几个年头。

如果有人要问，我这股干劲是从哪里来的？这确实是一个比较复杂的问题，三言两语是说不清楚的。简单地列出几个条条，也难免有八股之嫌。我觉得，基础是对这门学科的重要性的认识。但是，个人的兴趣与爱好也决不可缺少。我在大学时就已经逐渐认识到，研究中国思想史、佛教史、艺术史、文学史等，如果不懂印度这些方面的历史，是很难取得成绩的。中印两国人民有着长期的文化交流、友好往来的历史传统。这个传统需要我们继承与发展。至于个人的兴趣与爱好是与这个认识有联系的，但又不是完全决定于认识。一个人如果真正爱上了一门学科，那么，日日夜夜的艰苦劳动，甚至对身体的某一些折磨，都会欣然忍受，不以为意。

此外，我还想通过对这方面的研究把中国古代在这方面的光荣传统发扬光大。人们大都认为梵文的研究在中国是一门新学问。拿近代的情况来看，这种看法确实是正确的。宋朝以后，我们同印度的来往逐渐减少。以前作为文化交流中心的佛教，从十一二世纪开始，在印度慢慢衰微，甚至消亡。西方殖民主义东来以后，两国的往还更是受到阻拦。往日如火如荼的文化交流早已烟消火灭。两国人民都处在水深火热中，什么梵文研究，当然是谈不上了。

但是，在宋代以前，特别是在唐代，情况却完全是另一个样子。在当时，我们研究梵文的人数是比较多、水平是比较高的。印度以外的国家能够同我们并驾齐驱的还不多。可惜时过境迁，沧海桑田，不但印度朋友对于这一点不清楚，连我们自己也不甚了了。

中华人民共和国成立以后，我曾多次访问印度。印度人民对于中国人民的热情，深深地打动了我的心。很多印度学者也积极地探讨中印两国文化交流的历史，从而从历史上来论证两国人民友好的必要性和必然性。但是，就连这一些学者也不了解中国过去对梵文研究有过光荣的传统。因此，我们还有说明解释的必要。前年春天，我又一次访问印度，德里大学开会欢迎我，我在致辞中谈到中印文化交流的历史要比我们现在一般人认为的要早得多。到了海德拉巴，奥思曼大学又开会欢迎我。看来这是一个全校规模的大会，副校长（实际上就是校长）主持并致欢迎词。他在致辞中要我讲一讲中国的教育与生产劳动相结合的问题。我乍听之下大吃一惊：这样一个大题目我没有准备怎么敢乱讲呢？我临时灵机一动，改换了一个题目，就是中国研究梵文的历史。我讲到，在古代，除了印度以外，研究梵文历史最长、成绩最大的是中国。这一点中外人士注意的不多。我举出了很多的例子。在《大慈恩寺三藏法师传》里有一段讲梵文语法（声明）的记载。唐智广的《悉昙字记》是讲梵文字母的。唐义净的《梵语千字文》是很有趣的一部书，它用中国的老办法来讲梵文，它只列举了大约千把个单词：天、地、日、月、阴、阳、圆、距、昼、夜、明、暗、雷、电、风、雨等，让学梵文的学生背诵。义净在序言中说："不同旧《千字文》。若兼《悉昙章》读梵本，一两年间，即堪翻译矣。"我们知道，梵文是同汉文完全不同的语言，语法变化异常复杂，只学习一些单词儿，就能胜任翻译吗？但是，义净那种乐观的精神，我是非常欣赏的。此外还有唐全真的《唐梵文字》和唐礼言集的《梵语杂名》，这是两部类似字典的书籍。《唐梵文字》同《梵语千字文》差不多。《梵语杂名》是按照分类先列汉文，后列梵文，不像现在的字典一样按照字母顺序这样查阅方便。但是，用外国文写成的梵文字典这部书恐怕要归入最早之列了。

至于唐代学习梵文的情况，我们知道的并不多。《续高僧传》卷四《玄奘传》说："（玄奘）顿迹京皋，广就诸蕃，遍学书语，行坐寻授，数日便通。"可见玄奘是跟外国人学习印度语言的。大概到了玄奘逝世后几十年的义净时代，学习条件才好了起来。我们上面已经讲到，义净等人编了一些学习梵语的书籍，这对学习梵语的和尚会有很大的帮助。对于这些情况，义净在他所著的《大唐西域求法高僧传》中有所叙述。《玄照传》说："以贞观年中乃于大兴善寺玄证师处，初学梵语。"《师鞭传》说："善禁咒，闲梵语。"《大乘灯传》说："颇闲梵语。"《道琳传》说："到东印度耽摩立底国，住经三年，学梵语。"《灵运传》说："极闲梵语。"《大津传》说："泛舶月余，达尸利佛逝洲。停斯多载，解昆仑语，颇习梵书。"贞固等四人"既而附舶，俱至佛逝，学经三载，梵汉渐通"。义净讲到的这几个和尚，有的是在中国学习梵语，有的是在印度尼西亚学习。总之，他们到印度之前，对梵语已经有所了解了。

上面简略地叙述了中国唐代研究梵文的情况，说明梵文研究在中国源远流长，并不是什么新学问，我们今天的任务是继承和发扬；其中当然也还包含着创新，这是不言自喻的。

我们今天要继承和发扬的，不仅仅在语言研究方面。在其他方面，也有大量的工作可做。我们都知道，翻译成中国各族语文的印度著作，主要是佛教经典，车载斗量，汗牛充栋。这里面包括汉文、藏文、蒙文、满文，以及古代的回鹘文、和阗文、焉耆文、龟兹文等。即使是佛典，其中也不仅仅限于佛教教义，有不少的书是在佛典名义下的自然科学，比如天文学和医学等。印度人民非常重视这些汉译的佛典，认为这都是自己的极宝贵的文化遗产。可惜在他们本国早已绝迹，只存在于中国的翻译中。他们在几十年以前就计划从中文再翻译回去，译成梵文。我在中华人民共和国成立初访问印度的时候，曾看到过他们努力的成果。前年到印度，知道这工作还在进行。可见印度人民对待这一件工作态度是严肃认真的，精神是令人钦佩的。我们诚挚地希望他们会进一步作出更大的成绩。我们中国人民对于这一个文化宝库也应当作出相应的努力，认真进行探讨与研究。今天世界上许多国家，比如欧美的学术比较发达的国家和东方的日本，在这方面研究工作上无不成绩斐然。相形之下，我们由于种种原因显然有点落后了。如不急起直追，则差距将愈来愈大，到了"礼失而求诸野"的时候，就将追悔莫及了。

此外，在中国浩如烟海的史籍中，有大量的有关中国与南亚、东南亚、西亚、非洲各国贸易往还、文化交流的资料。这是世界上任何国家都比不上的，是人类的瑰宝。其中关于印度的资料更是特别丰富、特别珍贵。这些资料也有待于我们的搜罗、整理、分析与研究。有一个非常可喜的现象，这就是，最近一些年以来，印度学者愈来愈重视这一方面的研究，写出了一些水平较高的论文，翻译了不少中国的资料。有人提出来，要写一部完整的中印文化关系史。他们愿意同中国学者协作，为了促进中印两国人民的传统友谊，加强两国人民的互相了解而共同努力。我觉得，我们在这方面也应当当仁不让，把这一方面的研究工作开展起来。

至于怎样进行梵文和与梵文有关的问题的研究，我的体会和经验都是些老生常谈，卑之无甚高论。我觉得，首先还是要认识这种研究工作的重要意义。在这个前提下，持之以恒，锲而不舍，不怕任何困难，终会有所成就。一部科学发展史充分证明了一个事实：只有努力苦干、争分夺秒、不怕艰苦攀登的人，才能登上科学的高峰。努力胜于天才，刻苦超过灵感，这就是颠扑不破的真理。如果脑袋里总忘不掉什么八小时工作制，朝三暮四，松松垮垮，那就什么事情也做不成。我们古人说："一寸光阴一寸金，寸金难买寸光阴。"谁要是不懂珍惜时间，那就等于慢性自杀。当然，我们也不能忘记："一张一弛，文武之道也。"会工作，还要会休息，处理好工作与休息的辩证关系，紧张而又有节奏地生活下去，工作下去。

在这里，我还想讲一点个人的经历。我在国外研究的主要是印度古代的俗语和佛教混合梵文。最后几年也搞了点吐火罗文。应该说，我对这些学科发生了浓厚的兴趣。但是，回国以后，连最起码的书刊资料都没有。古人说："巧妇难为无米之炊。"何况我连一个"巧妇"也够不上！俗话说："有多大碗，吃多少饭。"我只有根据碗的大小来吃饭了。换句话说，我必须改行，至少是部分地改行。我于是就东抓西挠，看看有什么材料，就进行什么研究。几十年来，成了一个名副其实的杂家。有时候，也发点思旧之幽情，技痒难忍，搞一点从前搞过的东西。但是，一旦遇到资料问题，明知道国外出版了一些新书，却是可望而不可即。只好长叹一声，把手中的工作放下。其中酸甜苦辣的滋味，诚不足为外人道也。

这样就可以回到我在本文开始时提到的那一个问题：如果我现在能倒转回去50年的话，我是否还会走上今天这样一条道路？我为什么会提出这样一个看起来似乎非常奇怪的问题，现在大概大家都明白了。这个问题本身就包含着一点惋惜、一点追悔、一点犹疑、一点动摇，还有一点牢骚。我之所以一直有这样一个问题，一直又无法肯定地予以答复，就因为我执着于旧业，又无法满足愿望。明知望梅难以止渴，但有梅可望比无梅不是更好一些吗？现在情况已经有了改变：祖国天空里的万里尘埃已经廓清，四化的金光大道已经辉煌灿烂地摆在我们眼前。我们西北一带——新疆和甘肃等地区出土古代语文残卷的佳讯时有所闻。形势真有点逼人啊！这些古代语文或多或少都与梵文有点关系。不加强梵文的研究，我们就会像患了胃病的人，看到满桌佳肴，却无法下箸。加强梵文和西北古代语文的研究已刻不容缓。这正是我们努力加鞭的大好时光。困难当然还会有的，而且可能还很大。但是克服困难的可能性已经存在。倘若我现在再对自己提出上面说的那一个问题，那么我的答复是非常明确、决不含糊的：如果我现在能够倒转回去50年的话，我仍然要走这样一条道路。

1980年2月26日写毕

假若我再上一次大学

> 写论文，他们强调一个"新"字，没有
> 新见解，就不必写文章。见解不论大小，唯
> 新是图。论文题目不怕小，就怕不新。

"假若我再上一次大学"，多少年来我曾反复思考过这个问题。我曾一度得到两个截然相反的答案：一个是最好不要再上大学，"知识越多越反动"，我实在心有余悸。一个是仍然要上，而且偏偏还要学现在学的这一套。后一个想法最终占了上风，一直到现在。

我为什么还要上大学而又偏偏要学现在这一套呢？没有什么堂皇的理由。我只不过觉得，我走过的这一条道路，对己，对人，都还有点好处而已。我搞的这一套东西，对普通人来说，简直像天书，似乎无利于国计民生。然而世界上所有的科技先进国家，都有梵文、巴利文以及佛教经典的研究，而且取得了辉煌的成绩。这一

套冷僻的东西与先进的科学技术之间，真似乎有某种联系。其中消息耐人寻味。

我们不是提出了弘扬祖国优秀文化，发扬爱国主义吗？这一套天书确实能同这两句口号挂上钩，我举一个具体的例子。日本梵文研究的泰斗中村元博士在给我的散文集日译本《中国知识人的精神史》写的序中说到，中国的南亚研究原来是相当落后的。可是近几年来，突然出现了一批中年专家，写出了一些水平较高的作品，让日本学者有"攻其不备"之感。这是几句非常有意思的话。实际上，中国梵学学者同日本同行们的关系是十分友好的。我们一没有"攻"，二没有争，只有坐在冷板凳上辛苦耕耘。有了一点成绩，日本学者看在眼里，想在心里，觉得过去对中国南亚研究的评价过时了。我觉得，这里面既包含着"弘扬"，也包含着"发扬"。怎么能说，我们这一套无补于国计民生呢？

话说远了，还是回来谈我们的本题。

我的大学生活是比较长的：在中国念了四年，在德国哥廷根大学又念了五年，才获得学位。我在上面所说的"这一套"就是在国外学到的。我在国内时，对"这一套"就有兴趣，但苦无机会。到了哥廷根大学，终于找到了机会，我简直如鱼得水，到现在已经坚持学习了将近六十年。如果马克思不急于召唤我，我还要坚持学下去的。

如果想让我谈一谈在上大学期间我收获最大的是什么，那是并不困难的。在德国学习期间有两件事情是我毕生难忘的，这两件事都与我的博士论文有关联。

　　我想有必要在这里先谈一谈德国的与博士论文有关的制度。当我在德国学习的时候，德国并没有规定学习的年限。只要你有钱，你可以无限期地学习下去。德国有一个词儿是别的国家没有的，这就是"永恒的大学生"。德国大学没有空洞的"毕业"这个概念，只有博士论文写成，口试通过，拿到博士学位，这才算是毕了业。

　　写博士论文也有一个形式上简单而实则极严格的过程，一切决定于教授。在德国大学里，学术问题是教授说了算。德国大学没有入学考试，只要高中毕业，就可以进入任何大学。德国学生往往是先入几个大学，过了一段时间以后，自己认为某个大学、某个教授，对自己最适合，于是才安定下来，在一个大学，从某一位教授学习。先听教授的课，后参加他的研讨班。最后教授认为你"孺子可教"，才会给你一个博士论文题目。再经过几年的努力，收集资料，写出论文提纲，经过教授过目。论文写成的年限没有规定，至少也要三四年，长则漫无限制。拿到题目十年八年写不出论文，也不是稀见的事。所有这一切都决定于教授，院长、校长无权过问。写论文，他们强调一个"新"字，没有新见解，就不必写文章。见解不论大小，唯新是图。论文题目不怕小，就怕不新。我个人觉得，这是非常重要的一点。只有这样，学术才能"日日新"，才能有进步。否则满篇陈言，东抄西抄，饾饤拼凑，尽是冷饭。虽洋洋数十甚至数百万言，除了浪费纸张、浪费读者的精力以外，还能有什么效益呢？

　　我拿到博士论文题目的过程，基本上也是这样。我拿到了一个有关佛教混合梵语的题目。用了三年的时间，搜集资料，写成卡片，又到处搜寻有关图书，翻阅书籍和杂志，大约看了总有一百多种书刊。然后整理资料，使之条理化、系统化，写出提纲，最后写成文章。

我个人心里琢磨：怎样才能向教授露一手儿呢？我觉得那几千张卡片虽然抄写得好像蜜蜂采蜜，极为辛苦；然而却是干巴巴的，没有什么文采，或者无法表现文采。于是我想在论文一开始就写上一篇"导言"，这既能炫学，又能表现文采。真是一举两得的绝妙主意，我照此办理。费了很长的时间，写成一篇相当长的"导言"。我自我感觉良好，心里美滋滋的。认为教授一定会大为欣赏，说不定还会夸上几句哩。我先把"导言"送给教授看，回家做着美妙的梦。我等呀，等呀，终于等到教授要见我，我怀着走上领奖台的心情，见到了教授。然而却使我大吃一惊。教授在我的"导言"前画上了一个前括号，在最后画上了一个后括号，笑着对我说："这篇导言统统不要！你这里面全是华而不实的空话，一点新东西也没有！别人要攻击你，到处都是暴露点，一点防御也没有！"对我来说，这真如晴天霹雳，打得我一时说不上话来。但是，经过自己的反思，我深深地感觉到，教授这一棍打得好，我毕生受用不尽。

第二件事情是，论文完成以后，口试接着通过，学位拿到了手。论文需要从头到尾认真核对，不但要核对从卡片上抄入论文的篇、章、字、句，而且要核对所有引用过的书籍、报纸和杂志。要知道，在三年以内，我从大学图书馆，甚至从柏林的普鲁士图书馆，借过大量的书籍和报刊，耗费了大量的时间。当时就感到十分烦腻。现在再在短期内，把这样多的书籍重新借上一遍，心里要多腻味就多腻味。然而老师的教导不能不遵行，只有硬着头皮，耐住性子，一本一本地借，一本一本地查。把论文中引用的大量出处重新核对一遍，不让它发生任何一点错误。

后来我发现，德国学者写好一本书或者一篇文章，在读校样的时候，都是用这种办法来一一仔细核对。一个研究室里的人，往往都参加看校样的工作。每人一份校样，也可以协议分工。他们是以集体的力量，来保证不出错误。这个法子看起来极笨，然而除此以外，还能有"聪明的"办法吗？德国书中的错误之少，是举世闻名的。有的极为复杂的书竟能一个错误都没有，连标点符号都包括在里面。读过校样的人都知道，能做到这一步，是非常非常不容易的。德国人为什么能做到呢？他们并非都是超人的天才，他们比别人高出一头的诀窍就在于他们的"笨"。我想改几句中国古书上的话："德国人其智可及也，其笨（愚）不可及也。"

反观我们中国的学术界，情况则颇有不同。在这里有几种情况。中国学者博闻强记，世所艳称。背诵的本领更令人吃惊。过去有人能背诵四书五经，据说还能倒背。写文章时，用不着去查书，顺手写出，即成文章。但是记忆力会时不时出点问题的。中国近代一些大学者的著作，若加以细致核对，也往往有引书出错的情况。这是出上乘的错。等而下之，作者往往图省事，抄别人的文章时，也不去核对，于是写出的文章经不起核对。这是责任心不强，学术良心不够的表现。还有更坏的就是胡抄一气。只要书籍文章能够印出，哪管他什么读者！名利到手，一切不顾。我国的书评工作又远远跟不上。即使发现了问题，也往往"为贤者讳"怕得罪人，一声不吭。在我们当前的学术界，这种情况能说是稀少吗？我希望我们的学术界能痛改这种极端恶劣的作风。

我上了九年大学，在德国学习时，我自己认为收获最大的就是以上两点。也许有人会认为这卑之无甚高论。我不去争辩。我现在年届耄耋，如果年轻的学人不弃老朽，问我有什么话要对他们讲，我就讲这两点。

1991年5月5日写于北京大学

时间

> 我们今天知道，不但人类是这样，世界
> 上万事万物都有始有终，无一例外。"顺其
> 自然"是最好的办法。

一抬头，就看到书桌上座钟的秒针在一跳一跳地向前走动。它
那里一跳，我的心就一跳。孔子说："逝者如斯夫，不舍昼夜！"
这里指的是水。水永远不停地流逝，让孔夫子吃惊兴叹。我的心
跳，跳的是时间。水是能看得见，摸得着的。时间却看不见，摸不
着的，它的流逝你感觉不到，然而确实是在流逝。现在我眼前摆上
了座钟，它的秒针一跳一跳，让我再清楚不过地看到了时间的流
逝，焉能不心跳？焉能不兴叹呢？

远古的人大概是很幸福的。他们日出而作，日入而息，根据
太阳的出没来规定自己的活动。即使能感到时间的流逝，也只在
依稀隐约之间。后来，他们聪明了，根据太阳光和阴影的推移，

把时间称作光阴。再后来，人们的聪明才智更提高了，用铜壶滴漏的办法来显示和测定时间的推移，这是用人工来抓住看不见摸不着的时间的尝试。到了近几百年，人类发明了钟表，把时间的存在与流逝清清楚楚地摆在每一个人的面前。这是人类文明进步的表现。但是，正如人们常说的那样，"有一利必有一弊"，人类成了时间的奴隶，成了手表的奴隶。现在各种各样的会极多，开会必须规定时间，几点几分，不能任意伸缩。如果参加重要的会而路上偏偏赶上堵车，任你怎样焦急，怎样频频看手表，都是白搭。这不是典型的时间的奴隶又是什么呢？然而，话又说了回来，在今天头绪纷纭杂乱有章的社会里，开会不定时间，还像古人那样"日出而作，日入而息"，悠哉游哉，顺帝之则，今天的社会还能运转吗？不管你愿意不愿意，成为时间的奴隶就正是文明的表现。

不管你意识到还是没有意识到，大自然还是把虚无缥缈的时间用具体的东西暗示给了人们。比如用日出日落标志出一天，用月亮的圆缺标志出一月，用四季（在印度是六季或者两季）标志出一年。农民最关心这些问题，一年二十四个节气对他们种庄稼有重要意义。在自然科学家和哲学家眼中，时间具有另外的意义。他们说，大千世界，人类万物，都生长在时间和空间内，而时间是无头无尾的，空间是无边无际的。我既不是自然科学家，也不是哲学家，对无头无尾和无边无际实在难以理解。可是不这样又能怎样呢？如果时间有了头尾，头以前尾以后又是什么呢？因此，难以理解也只得理解，此外更没有其他途径。

　　生与死也属于时间范畴。一般人总是把生与死绝对对立起来。但是，中国古代的道家却主张"万物方生方死"，把生与死辩证地联系在一起，而且准确无误地道出了生即是死的关系。随着座钟秒针的一跳，我自己就长了无法用言语表达出来的那么一点点儿。同时也就是向着死亡走近了那么一点点儿。不但我是这样，现在正是初夏，窗外的玉兰花、垂柳和深埋在清塘里的荷花，也都长了那么一点点儿。不久前还是冰封的湖水，现在是"风乍起，吹皱一池夏水"，波光潋滟，水色接天。岸上的垂杨，从光秃秃的枝条上逐渐长出了小叶片，一转瞬间，出现了一片鹅黄；再一转瞬，就是一片嫩绿，现在则是接近浓绿了。小山上原来是一片枯草，"一夜东风送春暖，满山开遍二月兰"。今年是二月兰的大年，山上地下，只要有空隙，二月兰必然出现在那里，座钟的秒针再跳上多少万次，二月兰即将枯萎，也就是走向暂时的死亡了。所有这些东西，都是方生方死。这是自然的规律，不可逆转的。

　　印度人是聪明的，他们把时间和死亡视为一物。梵文hāla，既是"时间"，又是"死亡或死神"。《罗摩衍那》的主人公罗摩，在活了极长的时间以后，hāla走上门来，这表示他就要死亡了。罗摩泰然处之，既不"饮恨"，也不"吞声"。他知道这是自然规律，人类是无能为力的。我们今天知道，不但人类是这样，世界上万事万物都有始有终，无一例外。"顺其自然"是最好的办法。我在这里顺便说一下。在梵文里，动词"死"的字根是mn；但是此字不用manati来表示现在时，而是用被动式mniyati （ti），这表示，印度人认为"死"是被动的，主动自杀者究属少数。

同印度人比较起来，中国人大概希望争取长生。越是有钱有势的人越希望活下去，在旧社会里生活在水深火热中的小百姓，决不会愿意长远活下去的。而富有天下的天子则热切希望长生。中国历史上几位有名的英主，莫不如此。秦始皇和汉武帝都寻求不死之药或者仙丹什么的。连唐太宗都是服用了印度婆罗门的"仙药"而中毒身亡的。老百姓书呆子中也有寻求肉身升天的，而且连鸡犬都带了上去。我这个木头脑袋瓜真想也想不通。如果真有那么一个"天"的话，人数也不会太多。升到那里去干些什么呢？那里不会有官僚衙门，想走后门靠贿赂来谋求升官，没有这个可能。那里也不会有什么市场，什么WTO，想发财也英雄无用武之地。想打麻将，唱卡拉OK，唱几天，打几天，还是会有兴趣的，但让你一月月一年年永远打下去，你受得了吗？养鸡喂狗，永远喂下去，你也受不了。"不为无益之事，何以遣有涯之生！"无益之事天上没有。在天上待长了，你一定会自杀的。苏东坡说"起舞弄清影，何似在人间"！是有见地之言。我们还是老老实实待在人间吧。

要待在人间，就必须受时间的制约。在时间面前，人人平等。如果想不通我在上面说的那一些并不深奥的道理，时间就变成了枷锁，让你处处感到不舒服。但是，如果真想通了，则戴着枷锁跳舞反而更能增加一些意想不到的兴趣。我自认是想通了。现在照样一抬头就看到书桌上座钟的秒针一跳一跳地向前走动，但是我的心却不跳了。我觉得这是时间给我提醒儿，让我知道时间的价值。"一寸光阴不可轻"，朱子这一句诗对我这个年过九十的老头儿也是适用的。

2002年3月31日

九三述怀

> 人们对自己的生死大事是没有多少主动权的。但是，只要活着，就要活得像个人样子。尽量多干一些好事，千万不要去干坏事。

前几天，在医院里过了一个生日，心里颇为高兴；但猛然一惊：自己已经又增加了一岁，现在是九十三岁了。

在五十多年前，当我处在四十岁阶段的时候，九十三这个数字好像是一个天文数字，可望而不可即。我当时的想法是：我大概只能活到四五十岁。因为我的父母都没有超过这个年龄，由于X基因或Y基因的缘故，我决不能超过这个界限的。

然而人生真如电光石火，一转瞬间已经到了九十三岁。只有在医院里输液的时候感到时间过得特别慢以外，其余的时间则让我感到快得无法追踪。

近两年来，运交华盖，疾病缠身，多半是住在医院中。医院里的生活，简单而又烦琐。我是因一种病到医院里来的，入院以后，又患上了其他的病。在我入院前后所患的几种病中最让人讨厌的是天疱疮。手上起泡出水，连指甲盖下面都充满了水，是一种颇为危险的病。从手上向臂上发展，发展到一定的程度，就有性命危险。来到三〇一医院，经李恒进大夫诊治，药到病除，真正是妙手回春。后来又患上了几种别的病。有一种是前者的发展，改变了地方，改变了形式，长在了右脚上，黑黢黢脏兮兮的一团，大概有一斤多重。我自己看了都恶心。有时候简直想把右脚砍掉，看你这些丑类到何处去藏身！幸亏老院长牟善初的秘书周大夫不知从哪里弄到了一种平常的药膏，抹上，立竿见影，脏东西除掉了。为了对付这一堆脏东西，三〇一医院曾组织过三次专家会诊，可见院领导对此事之重视。

你想到了死没有？想到过的，而且不止一次。不这样也是不可能的。人类是生物的一种，凡是生物，莫不好生而恶死，包括植物在内，一概如此。人们常说：好死不如赖活着。江淹《恨赋》中说："自古皆有死，莫不饮恨而吞声。"我基本上也不能脱这个俗。但是，我有我的特殊经历，因此，我有我的生死观。我实际上已经死过一次，现在回忆起来，让我吃惊的是，临死前心情竟是那样平静，那样和谐。什么"饮恨"，什么"吞声"，根本不沾边儿。有了这样的独特的经历，即使再想到死，一点恐惧之感也没有了。

总起来说，我的人生观是顺其自然，有点接近道家。我生平信奉陶渊明的四句诗："纵浪大化中，不喜亦不惧。应尽便须尽，无复独多虑。"在这里一个关键的字是"应"。谁来决定"应""不应"呢？一个人自己，除了自杀以外，是无权决定的。因此，我觉得，对个人的生死大事不必过分考虑。

我最近又发明了一个公式：无论什么人，不管是男是女，不管是外国人还是中国人，也不管是处在什么年龄阶段，同阎王爷都是等距离的。中国有两句俗话："阎王叫你三更死，不能留人到五更。"这都说明，人们对自己的生死大事是没有多少主动权的。但是，只要活着，就要活得像个人样子。尽量多干一些好事，千万不要去干坏事。

人们对自己的生命也并不是一点主观能动性都没有的。人们不都在争取长寿吗？在林林总总的民族之林中，中国人是最注重长寿，甚至长生的。在过去几千年的历史上，我们创造了很多长寿甚至长生的故事。什么"王子去求仙，丹成入九天。山中方七日，世上几千年"，这实在没有什么意义。一些历史上的皇帝，甚至英明之主，为了争取长生，"为药所误"。唐太宗就是一个好例子。

中国古代文人对追求长生有自己的表达方式。苏东坡词："谁道人生无再少？门前流水尚能西。休将白发唱黄鸡。"在这里出现"再少"这个词儿。肉体上的再少，是不可能的，时间不能倒转的。我的理解是，如果老年人能做出像少年的工作，这就算是"再少"了。

我现在算不算是"再少"，我自己不敢说。反正我从来不敢懈怠，从来不倚老卖老。我现在既向后看，回忆过去的九十年；也向前看，看到的不是八宝山，而是活过一百岁。眼前就有我的好榜样。上海的巴金，长我七岁；北京的臧克家，长我六岁，都仍然健在。他们的健在给了我信心，给了我勇气，也给了我灵感。我想同他们竞赛，我们都会活到一百多岁的。

但是，我并不是为活着而活着。活着不是我的目的，而是我的手段。前辈学人陈翰笙先生，当他一百岁时人们为他在人民大会堂祝寿的时候，他眼睛已经失明多年，身体也不见得怎么好。可是，请他讲话的时候，他第一句话就是："我要工作。"全堂为之振奋不已。

我觉得，中国人民在过去几千年的历史上成就了许多美德，其中一条是"鞠躬尽瘁，死而后已"（出自《三国志·蜀志·诸葛亮传》）。这能代表我们中华民族伟大的一个方面，在几千年的历史上起着作用，至今不衰。

在历史上，我们的先人对人生还有一些细致入微而又切中要害的感悟。我举一个例子。多少年来，社会上流传着两句话：不如意事常八九，能与人言无二三。根据我们每一个人的亲身体会，这两句话是完全没有错的。在我们的生活中，在我们的社会交往中，尽管有不少令人愉快的如意的事情，但也不乏不愉快不如意的事情。年年如此，月月如此，天天如此。这个平凡的真理也不是最近才发现的。宋代的伟大词人辛稼轩就曾写道："肘后俄生柳，叹人生，不如意事，十常八九。"这颇能道出古今人人心中都会有的想法。我们老年人对此更应该加强警惕，因为不如意事有的是人招惹出来的。老年人，由于生理的制约，手和脑都会不太灵光，招惹不如意事的机会会更多一些。我原来的原则是随遇而安，近来我又提高了一步：知足常乐，能忍自安。境界显然提高了一步。

　　写到这里，我想写一个看来与我的主题无关而实极有关的问题：中西高级知识分子比较研究。所谓高级知识分子，无非是教授、研究员、著名的艺术家——画家、音乐家、歌唱家、演员等。这个题目，在过去似乎还没有人研究过。我个人经过比较长期的思考，觉得其间当然有共性，都是知识分子嘛；但是区别也极大。简短截说，西方高级知识分子大多数是自了汉，就是只管自己那一亩三分地里的事情，有点像过去中国老农那一种"老婆、孩子、热炕头，外加二亩地、一头牛"的样子。只要不发生战争，他们的工资没有问题，可以安心治学，因此成果显著地比我们多。他们也不像我们几乎天天开会，天天在运动中。我们的高知继承了中国自古以来知识分子（士）的传统，家事、国事、天下事，事事关心。中国古代的皇帝们最恨知识分子这种毛病。他们希望士们都能夹起尾巴做人。知识分子偏不听话，于是在中国历史上，所谓"文字狱"这种玩意儿就特别多。很多皇帝都搞文字狱。到了清朝，又加上了个民族问题。于是文字狱更特别多。

　　最后，我还必须谈一谈服老与不服老的辩证关系。所谓服老，就是一个老人必须承认客观现实。自己老了，就要老实承认。过去能做到的事情，现在做不到了，就不要勉强去做。但是，如果完完全全让老给吓住，什么事情都不做，这无异于坐而待毙，是极不可取的行为。人们的主观能动性的能量是颇为可观的。真正把主观能动性发挥出来，就能产生一种不服老的力量。正确处理服老与不服老的关系并不容易，两者之间的关系有点恍兮惚兮，其中有物。但是，这个物是什么，我却说不清楚。领悟之妙，在于一心。普天下善男信女们会想出办法的。

我已经写了不少，为什么写这样多呢？因为我感觉到，我们的生活环境和生活条件，日益改善，将来老年人会越来越多。我现在把自己的一点经历写了出来，供老人们参考。

千言万语，不过是一句话：我们老年人不要一下子躺在老字上，无所事事，我们的活动天地还是够大的。

有道是：

走过独木桥，
跳过火焰山。
豪情依然在，
含笑颂九三！

2003年8月18日于三〇一医院

百年回眸

> 活下去却并不容易，包括旧时代的皇帝在内，馅儿饼并不从天上自动掉到你的嘴里来，你必须去拼搏。这是一个人生存的首要任务。

我们眼前正处在一个"世纪末"，甚至"千纪末"中。所谓"世纪"是人为地制造成的。如果没有耶稣，哪里来的什么公元；如果没有公元，又哪里来的什么世纪。这种人工制成的东西，不像年、月、日、时，春、夏、秋、冬这些大自然形成的东西，有其产生的必然性，对人类和世界万物有其必然的影响。这是一个十分浅显的道理，一想就能明白的。

可是人造的世纪，偏偏又回过头来对人类的思想和行动产生影响。19世纪的"世纪末"中，欧洲思想界、文学艺术界所发生的颇为巨大的变动，是人所共知的。然而，迄今却还没有得到合情合理的解释。

　　现在一个新的"世纪末"又来到了我们身边。在这个20世纪的"世纪末"中，全球政治方面的剧烈变动，实在令人有石破天惊之感。在哲学思想、文艺理论等方面的变动，也十分惊人。今天一个"主义"，明天一个"主义"，令人目不暇接，而所谓"信息爆炸"，更搅得天下不安。这些都是事实，至于它们与"世纪末"有否必然的联系，则是说不清楚的一个问题。

　　也有能完全说得清楚的就是，眼下全世界各国政府，以及一切懂得世纪和世纪末的意义的人士，无不纷纷回顾，回顾即将过去的20世纪，又纷纷瞻望，瞻望即将来临的21世纪。学术界也在忙着总结20世纪的成绩，预想下一个世纪的前景。几乎人人都在犯着神秘莫测的世纪病。

　　有人称我为"世纪老人"，我既感光荣，又感惶恐，因为，我自己还欠一把火，我只在20世纪生活了89年，还差11年才够得上一个世纪，但是，退一步想，我毕竟经历了一个世纪的百分之九十，虽不中，不远矣。回忆一个世纪的经历，我还算是有点资格的。因此，我不揣冒昧，就来一个"世纪回眸"，谈一谈我在过去一个世纪中的亲身感受。

　　我一向有一个看法，我觉得，每一个人的一生都是一场拼搏。人的降生，都是被动的，并非出于个人愿望。既然来到人间，就必须活下去。然而，活下去却并不容易，包括旧时代的皇帝在内，馅儿饼并不从天上自动掉到你的嘴里来，你必须去拼搏。这是一个人生存的首要任务。我从1911年起，就拼搏着前进，有时走阳关大道，有时走独木小桥。有时风和日丽，有时阴霾蔽天，拼呀拼，一直拼到今天，总算还活着，我的同龄人有的已经离开了这个世界。我现在的情况可以拿一句旧诗来形象地描绘出来："删繁就简三秋树。"我这一个叶片身边老叶片不多了，怎能没有凄清寂寞之感呢？

再谈这一百年来我亲身经历的世界大事和国家大事。我经历过清朝帝国，虽然只有两个多月，毕竟还得算是清朝"遗小"。我经历过辛亥革命，经历过洪宪称帝，经历过军阀混战，经历过国民党统治，经历过日寇入侵，经历过抗日战争，其间我在欧洲住过十年，亲身经历了二战，又经历过解放战争，经历过中华人民共和国的成立。直到改革开放以后，才松了一口气，然而人已垂垂老矣。

从世界范围内来看，西方工业革命以后，科技的发展给全世界人民带来极大的福利，无远弗届。这我们决不会忘记。然而跟着来的却是无穷无尽的灾害和弊端，举其荦荦大者，如环境污染，空气污染，生态平衡破坏，臭氧层出洞，人口爆炸，新疾病产生，淡水资源匮乏，如此等等，不一而足。上面列举的弊端，都与工业生产有紧密联系，哪一个弊端不消除，也能影响人类生存的前途。现在，有识之士，奔走惊呼，各国政府也在努力设立专门机构，企图解决这些问题。"天之骄子"的人类何去何从？实在成了"世纪末"的一大问题。

再说到我自己。我从1911年就努力拼搏，拼搏了一生，好像是爬泰山南天门。我不想"会当凌绝顶，一览众山小"。我只是不得不爬而已。有如鲁迅《野草》中的那一位"过客"，只有努力向前。我想起了两句旧诗："马后桃花马前雪，教人哪得不回头？"

我想把这诗改为："马前桃花马后雪，教人哪得肯回头？"我的"马前"当然指的是21世纪，"马后"就是即将过去的20世纪。"马后雪"，是可以肯定的。"马前桃花"，却只是我的希望。我真是万分虔诚地期望着，21世纪将会是桃花开满了普天之下，绚丽芬芳，香气直冲牛斗。

1998年10月15日

赞 "代沟"

> 代沟是不可避免的，而且是十分必要的。它标志着变化，它标志着进步，它标志着社会演化，它标志着人类前进。

现在常常听到有人使用 "代沟" 这个词儿。这个词儿看起来像一个外来语。然而它表达的内容却不限于外国，而是有普遍意义的，中国当然也不能够例外。

青年人怎样议论 "代沟"，我不清楚。老年人一谈起来，往往流露出十分不满意的神气，有时候甚至有类似 "人心不古，世道浇漓" 之类的慨叹。这种神气和慨叹我也有过。我现在是一个地地道道的老年人了。老年人的心理状态，我同样也是有的。我们大概都感觉到，在青年人身上有一些东西，我们看着不顺眼；青年人嘴里讲一些话，我们听上去不大顺耳，特别是那一些新造的名词更是特别刺耳。他们的衣着、他们的态度、他们的言谈举动以及接物待人的礼节、他们欣赏的对象和趣味，总之，一切的一切，我们无不觉得不那么顺溜。脾气好一点的老头摇一摇头，叹一口气，脾气不太好的就难免发发牢骚，成为九斤老太的同党了。

如果说有一条沟的话，那么，我们就站在沟的这一边，那一边站的是年轻人。但是若干年以前，我们也曾在沟的那一边站过，站在这一边的是我们的父母、老师、长辈。不知道从什么时候起，好像是在一夜之间，我们忽然站到这边来了。原来站在这边的人，由于自然规律不可抗御，一个个地让出了位置，走向涅槃，空出来的位置由我们来递补。有如秋后的树木，落叶渐多，枝头渐空，全身都在秋风里，只有日渐凋零了。这一个过程是非常非常微妙的，好像一点痕迹都没有留下，然而它确实是存在的。

站在沟这一边的老人，往往有一些杞忧。过去老人喜欢说一些世风日下之类的话，其尤甚者甚至缅怀什么羲皇盛世。现在这种人比较少了，但是类似这样的感慨还是有的。我在这一方面似乎更特别敏感。最近几年，我曾数次访问日本。年纪大一点的日本朋友对于中国文化能够理解，能够欣赏，他们感谢中国文化带给日本的好处，感激之情，溢于言表。中国古代的诗词和书画，他们熟悉。他们身上有一股"老"味，让我们觉得很亲切。然而据日本朋友说，现在的年轻人可完全不是这个样子了。中国古代的那一套，他们全不懂，全不买账，他们喝咖啡，吃西餐，一切唯西方马首是瞻。同他们交往，他们身上有一股"新"味，这种"新"味使我觉得颇不舒服。我自己反复琢磨，中日交往垂二千年。到了近代，日本虽然进行了改革，成为世界上头号经济强国，但是在过去还多少有点共同语言。好像在一夜之间,忽然从地里涌出了一代"新人类",同过去几乎完全割断了纽带联系。同这一群新人打交道,我简直手足无所措。这样下去,我们两国不是越来越疏远吗?为什么几千年没有变,而今天忽然变了呢?我冥思苦想,不得其解。

在中国,我也有这种杞忧。过去,当我站在沟的那一边的时候,我虽然也感到同沟这一边的老年人有点隔阂,但并不认为十分严重;然而到了今天,世界变化空前加速,真正是一天等于二十年,我来到了沟的这一边,顿时觉得沟那一边的年轻人也颇有"新人类"的味道。他们所作所为,很多我都觉得有点难以理解。男女自由恋爱,在封建时期是不允许的;在中华人民共和国成立前允许了,但也多半不敢明目张胆。如果男女恋人之间接一个吻,恐怕也要秘密举行。然而今天呢,青年们在光天化日之下,大庭广众之间,公然拥抱接吻,坦然,泰然,甚至还有比这更露骨的举动,我看了确实感到吃惊,又觉得难以理解。我原来自认为脑筋还没有僵化,同九斤老太划清了界限。曾几何时,我也竟成了她的"同路人",岂不大可异哉!又岂不大可哀哉!

不管从世界范围来看,还是从中国范围来看,代沟自古以来就存在的;任何国家,任何时代,都是不可避免的。然而,根据我个人的感觉,好像是"自古已然,于今为烈",好像任何时候也没有今天这样明显。青年老年之间存在的好像已经不是沟,而是长江大河,其中波涛汹涌,难以逾越,我们两代人有点难以互相理解的势头了。为代沟而杞忧者自古就有,今天也决不乏人。我也是其中之一,而且还可能是"积极分子"。

　　说了上面这一些话以后，倘若有人要问："你对代沟抱什么态度呢？"答曰："坚决拥护，竭诚赞美！"

　　试想一想：如果没有代沟，青年人和老年人完全一模一样，人类的进步表现在什么地方呢？再往上回溯一下，如果在猴子中间没有代沟，所有的猴子都只能用四条腿在地上爬行，哪一只也决不允许站立起来，哪一只也决不允许使用工具劳动，某一类猴子如何能转变成人呢？从语言方面来讲，如果不允许青年们创造一些新词，我们的语言如何能进步呢？孔老头子说的话如果原封不动地保留到今天，这种情况你能想象吗？如果我们今天的报纸杂志孔老夫子这位圣人都完全能懂，这是可能的吗？人类社会在不停地变化，世界新知识日新月异，如果不允许创造新词儿，那么，语言就不能表达新概念、新事物，语言就失去存在的意义了，这种情况是可取的吗？总之，代沟是不可避免的，而且是十分必要的。它标志着变化，它标志着进步，它标志着社会演化，它标志着人类前进。不管你是否愿意，它总是要存在的，过去存在，现在存在，将来也还要存在。

　　因此，我赞美代沟，用满腔热忱来赞美代沟。

1987年4月29日　上海华东师大

换了人间

——北戴河杂感

　　我们祖国的飞跃进步、迅速变化，可以在北京看到，可以在上海、天津、广州等大城市看到；也可以在像北戴河这样小的地方看到。

　　对我来说，北戴河并不是陌生的。中华人民共和国成立后不久，我曾来住过一些时候。

　　当时，我们虽然已经使旧时代的北戴河改变了一些面貌，但是改变得还不大。所以，我感到有点不调和：一方面是各式各样大大小小五颜六色的避暑别墅，掩映于绿树丛中，颇有一些洋气；另一方面，却只有一条大街，路基十分不好，碎石铺路，坎坷不平，两旁的店铺也矮小阴暗，又颇有一些土气。

　　今年夏天，我又到北戴河来住了几天。临来前，我自己心里想：北戴河一定改变了吧。但是，我却万没有想到，它改变得竟这样厉害，我简直不认识它了。如果没有人陪我同来，我一定认为走错了路。这哪里是我回忆中的北戴河呢？

我回忆中的北戴河完全不是这个样子。

我们就从火车站说起吧。我回忆中当然会有一个车站，但那只是几间破旧的房子，十分荒凉。然而现在摆在我眼前的却是一片现代化的建筑，灰瓦红墙，光彩夺目。车站外还有新建的商店、公共汽车站等。人们熙熙攘攘，来来往往。在这一瞬间，我感觉到，我回忆中的那个破旧荒凉的北戴河车站已经永远从人间消失了。

走出车站，用洋灰铺的高级马路一直通到海滨。汽车以每小时四五十公里的速度在上面飞驶。两旁的田地里长满了高粱、豆子、老玉米等，郁郁葱葱，浓绿扑人眉宇。我上次来的时候，这一条路还是一条土路；下了大雨，交通就要断绝。我也曾因汽车不能开而被阻一日。这样的事情同今天这样一条马路无论如何也连不起来了。

到了海滨，我那陌生的感觉就达到了顶点。除了大海还有点"似曾相识"之外，其余的东西都是陌生的。上次在这里住的时候，每逢下雨天，我总喜欢到海边上来散步。在海湾拐弯的地方，我记得有一座破旧的亭子似的建筑。周围是一些小饭铺，前面是卖西瓜和香瓜的摊子。我曾在这里吃过几次瓜。远望海天渺茫，天际帆影点点，颇涉遐想，嘴里的瓜也似乎特别香甜。我很喜欢这个地方，现在很想再找到它，然而，我来往徘徊，远望海天依然渺茫，天际依然帆影点点，大海并没有变样子。可是那一座破旧的亭子却不见了。

我并没有感到失望。正相反，我感到兴奋和愉快。因为，即使那一座破旧的亭子再值得留恋，但是同今天宽广马路旁那些崭新的房子比起来，又算得了什么呢？我意识到：北戴河已经大大地变了，必须用新的眼光来看它。

我于是就走上海滩，站在那一块高出海面的大石头上，纵目四望，身后是混混茫茫的大海，眼前是郁郁葱葱的北戴河。右望东山，左望西山，山树相连，浓绿一片。真令人心旷神怡。东山我从来没有去过。现在我看到那里一幢幢的红色楼房，高出丛林之上；万绿丛中，红色点点，宛如海上仙山，引起人美妙的幻想。西山我是去过的。当时印象并不特别好。可是今天看起来，也是碧树红房，一片兴盛气象。遥想山中也有了很大的变化了吧。

北戴河已经大大改变了。

我十分兴奋、愉快。在我们辽阔的祖国的土地上，北戴河只是一个小点。只因它是一个避暑胜地，所以在比较大的地图上才能找到它的名字。然而，小中可以见大。北戴河难道不也可以算是我们祖国的缩影吗？我们祖国的飞跃进步、迅速变化，可以在北京看到，可以在上海、天津、广州等大城市看到；也可以在像北戴河这样小的地方看到。这一件事实充分说明，我们祖国面貌的改变是无远弗届、无微不至的。有人认为这是奇迹，到处去寻找原因。我却只想到毛主席有关北戴河的一首词里面的一句话：

换了人间

1962年8月14日

第六章 人间秀丽，自在欢喜

我真觉得，

大自然特别可爱，

生命特别可爱，人类特别可爱，

一切有生无生之物特别可爱，

祖国特别可爱，宇宙万物无有不可爱者。

欢喜充满了三千大千世界。

清塘荷韵

> 天地萌生万物，对包括人在内的动植物等有生命的东西，总是赋予一种极其惊人的求生存的力量和极其惊人的扩展蔓延的力量，这种力量大到无法抗御。

楼前有清塘数亩。记得三十多年前初搬来时，池塘里好像是有荷花的，我的记忆里还残留着一些绿叶红花的碎影。后来时移事迁，岁月流逝，池塘里却变得"半亩方塘一鉴开，天光云影共徘徊"，再也不见什么荷花了。

我脑袋里保留的旧的思想意识颇多，每一次望到空荡荡的池塘，总觉得好像缺点什么。这不符合我的审美观念。有池塘就应当有点绿的东西，哪怕是芦苇呢，也比什么都没有强。最好的最理想的当然是荷花。中国旧的诗文中，描写荷花的简直是太多太多了。周敦颐的《爱莲说》读书人不知道的恐怕是绝无仅有的。他那一句有名的"香远益清"是脍炙人口的。几乎可以说，中国没有人不爱荷花的。可我们楼前池塘中独独缺少荷花。每次看到或想到，总觉得是一块心病。

有人从湖北来，带来了洪湖的几颗莲子，外壳呈黑色，极硬。据说，如果埋在淤泥中，能够千年不烂。因此，我用铁锤在莲子上砸开了一条缝，让莲芽能够破壳而出，不至永远埋在泥中。这都是一些主观的愿望，莲芽能不能够出，都是极大的未知数。反正我总算是尽了人事，把五六颗敲破的莲子投入池塘中，下面就是听天命了。

这样一来，我每天就多了一件工作：到池塘边上去看上几次。心里总是希望，忽然有一天，"小荷才露尖尖角"，有翠绿的莲叶长出水面。可是，事与愿违，投下去的第一年，一直到秋凉落叶，水面上也没有出现什么东西。经过了寂寞的冬天，到了第二年，春水盈塘，绿柳垂丝，一片旖旎的风光。可是，我翘盼的水面上却仍然没有露出什么荷叶。此时我已经完全灰了心，以为那几颗湖北带来的硬壳莲子，由于人力无法解释的原因，大概不会再有长出荷花的希望了。我的目光无法把荷叶从淤泥中吸出。

但是，到了第三年，却忽然出了奇迹。有一天，我忽然发现，在我投莲子的地方长出了几个圆圆的绿叶，虽然颜色极惹人喜爱；但是却细弱单薄，可怜兮兮地平卧在水面上，像水浮莲的叶子一样。而且最初只长出了五六个叶片。我总嫌这有点太少，总希望多长出几片来。于是，我盼星星，盼月亮，天天到池塘边上去观望。有校外的农民来捞水草，我总请求他们手下留情，不要碰断叶片。

但是经过了漫漫的长夏，凄清的秋天又降临人间，池塘里浮动的仍然只是孤零零的那五六个叶片。对我来说，这又是一个虽微有希望但究竟仍是令人灰心的一年。

真正的奇迹出现在第四年上。严冬一过，池塘里又溢满了春水。到了一般荷花长叶的时候，在去年飘浮着五六个叶片的地方，一夜之间，突然长出了一大片绿叶，而且看来荷花在严冬的冰下并没有停止行动，因为在离开原有五六个叶片的那块基地比较远的池塘中心，也长出了叶片。叶片扩张的速度，扩张范围的扩大，都是惊人地快。几天之内，池塘内不小一部分，已经全为绿叶所覆盖。而且原来平卧在水面上的像是水浮莲一样的叶片，不知道是从哪里聚集来了力量，有一些竟然跃出了水面，长成了亭亭的荷叶。原来我心中还迟迟疑疑，怕池中长的是水浮莲，而不是真正的荷花。这样一来，我心中的疑云一扫而光：池塘中生长的真正是洪湖莲花的子孙了。我心中狂喜，这几年总算是没有白等。

天地萌生万物，对包括人在内的动植物等有生命的东西，总是赋予一种极其惊人的求生存的力量和极其惊人的扩展蔓延的力量，这种力量大到无法抗御。只要你肯费力来观摩一下，就必然会承认这一点。现在摆在我面前的就是我楼前池塘里的荷花。自从几个勇敢的叶片跃出水面以后，许多叶片接踵而至。一夜之间，就出来了几十枝，而且迅速地扩散、蔓延。不到十几天的工夫，荷叶已经蔓延得遮蔽了半个池塘。从我撒种的地方出发，向东西南北四面扩展。我无法知道，荷花是怎样在深水中淤泥里走动。反正从露出水面荷叶来看，每天至少要走半尺的距离，才能形成眼前这个局面。

　　光长荷叶，当然是不能满足的。荷花接踵而至，而且据了解荷花的行家说，我门前池塘里的荷花，同燕园其他池塘里的，都不一样。其他地方的荷花，颜色浅红；而我这里的荷花，不但红色浓，而且花瓣多，每一朵花能开出十六个复瓣，看上去当然就与众不同了。这些红艳耀目的荷花，高高地凌驾于莲叶之上，迎风弄姿，似乎在睥睨一切。幼时读旧诗："毕竟西湖六月中，风光不与四时同。接天莲叶无穷碧，映日荷花别样红。"爱其诗句之美，深恨没有能亲自到杭州西湖去欣赏一番。现在我门前池塘中呈现的就是那一派西湖景象。是我把西湖从杭州搬到燕园里来了，岂不大快人意也哉！前几年才搬到朗润园来的周一良先生赐名为"季荷"。我觉得很有趣，又非常感激。难道我这个人将以荷而传吗？

　　前年和去年，每当夏月塘荷盛开时，我每天至少有几次徘徊在塘边，坐在石头上，静静地吸吮荷花和荷叶的清香。"蝉噪林逾静，鸟鸣山更幽"，我确实觉得四周静得很。我在一片寂静中，默默地坐在那里，水面上看到的是荷花绿肥、红肥。倒影映入水中，风乍起，一片莲瓣堕入水中，它从上面向下落，水中的倒影却是从下边向上落，最后一接触到水面，两者合为一，像小船似的漂在那里。我曾在某一本诗话上读到两句诗："池花对影落，沙鸟带声飞。"作者深惜这二句对仗不工。这也难怪，像"池花对影落"这样的境界究竟有几个人能参悟透呢？

　　晚上，我们一家人也常常坐在塘边石头上纳凉。有一夜，天空中的月亮又明又亮，把一片银光洒在荷花上。我忽听扑通一声，是我的小白波斯猫毛毛扑入水中，它大概认为水中有白玉盘，想扑上去抓住。它一入水，大概就觉得不对头，连忙矫捷地回到岸上，把月亮的倒影打得支离破碎，好久才恢复了原形。

今年夏天，天气异常闷热，而荷花则开得特欢。绿盖擎天，红花映日，把一个不算小的池塘塞得满而又满，几乎连水面都看不到了。一个喜爱荷花的邻居，天天兴致勃勃地数荷花的朵数。今天告诉我，有四五百朵；明天又告诉我，有六七百朵。但是，我虽然知道他为人细致，却不相信他真能数出确实的朵数。在荷花底下，石头缝里，旮旮旯旯，不知还隐藏着多少菁葵儿，都是在岸边难以看到的。粗略估计，今年大概开了将近一千朵。真可以算是洋洋大观了。

连日来，天气突然变寒，好像是一下子从夏天转入秋天。池塘里的荷叶虽然仍然是绿油一片，但是看来变成残荷之日也不会太远了。再过一两个月，池水一结冰，连残荷也将消逝得无影无踪。那时荷花大概会在冰下冬眠，做着春天的梦。它们的梦一定能够圆的。"既然冬天到了，春天还会远吗？"

我为我的"季荷"祝福。

1997年9月16日中秋节

听雨

> 我静静地坐在那里，听到头顶上的雨滴声，此时有声胜无声，我心里感到无量的喜悦，仿佛饮了仙露，吸了醍醐，大有飘飘欲仙之慨了。

从一大早就下起雨来。下雨，本来不是什么稀罕事儿，但这是春雨，俗话说："春雨贵如油。"而且又在罕见的大旱之中，其珍贵就可想而知了。

"润物细无声"，春雨本来是声音极小极小的，小到了"无"的程度。但是，我现在坐在隔成了一间小房子的阳台上，顶上有块大铁皮。楼上滴下来的檐溜就打在这铁皮上，打出声音来，于是就不"细无声"了。按常理说，我坐在那里，同一种死文字拼命，本来应该需要极静极静的环境，极静极静的心情，才能安下心来，进入角色，来解读这天书般的玩意儿。这种雨敲铁皮的声音应该是极为讨厌的，是必欲去之而后快的。

　　然而，事实却正相反。我静静地坐在那里，听到头顶上的雨滴声，此时有声胜无声，我心里感到无量的喜悦，仿佛饮了仙露，吸了醍醐，大有飘飘欲仙之慨了。这声音时慢时急，时高时低，时响时沉，时断时续，有时如金声玉振，有时如黄钟大吕，有时如大珠小珠落玉盘，有时如红珊白瑚沉海里，有时如弹素琴，有时如舞霹雳，有时如百鸟争鸣，有时如兔落鹘起，我浮想联翩，不能自已，心花怒放，风生笔底。死文字仿佛活了起来，我也仿佛又溢满了青春活力。我平生很少有这样的精神境界，更难为外人道也。

　　在中国，听雨本来是雅人的事。我虽然自认还不是完全的俗人，但能否就算是雅人，却还很难说。我大概是介乎雅俗之间的一种动物吧。中国古代诗词中，关于听雨的作品是颇有一些的。顺便说上一句：外国诗词中似乎少见。我的朋友章用回忆表弟的诗中有"频梦春池添秀句，每闻夜雨忆联床"，是颇有一点诗意的。连《红楼梦》中的林妹妹都喜欢李义山的"留得残荷听雨声"之句。最有名的一首听雨的词当然是宋朝蒋捷的《虞美人》，词不长，我索性抄它一下：

　　少年听雨歌楼上，红烛昏罗帐。壮年听雨客舟中，江阔云低、断雁叫西风。而今听雨僧庐下，鬓已星星也。悲欢离合总无情。一任阶前、点滴到天明。

　　蒋捷听雨的心情，是颇为复杂的。他是用听雨这一件事来概括自己的一生的，从少年、壮年一直到老年，达到了"悲欢离合总无情"的境界。但是，古今对老的概念，有相当大的悬殊。他是"鬓已星星也"，有一些白发，看来最老也不过五十岁左右。用今天的眼光看，他不过是介乎中老之间，同我自己比起来，我已经到了望九之年，鬓边早已不是"星星也"，顶上已是"童山濯濯"了。要讲达到"悲欢离合总无情"的境界，我比他有资格。我已经能够"纵浪大化中，不喜亦不惧"了。

可我为什么今天听雨竟也兴高采烈呢？这里面并没有多少雅味，我在这里完全是一个"俗人"。我想到的主要是麦子，是那辽阔原野上的青春的麦苗。我生在乡下，虽然六岁就离开，谈不上干什么农活，但是我拾过麦子，捡过豆子，割过青草，劈过高粱叶。我血管里流的是农民的血，一直到今天垂暮之年，毕生对农民和农村怀着深厚的感情。农民最高希望是多打粮食。天一旱，就威胁着庄稼的成长。即使我长期住在城里，下雨一少，我就望云霓，自谓焦急之情，决不下于农民。北方春天，十年九旱。今年似乎又旱得邪性。我天天听天气预报，时时观察天上的云气。忧心如焚，徒唤奈何。在梦中也看到的是细雨蒙蒙。

今天早晨，我的梦竟实现了。我坐在这长宽不过几尺的阳台上，听到头顶上的雨声，不禁神驰千里，心旷神怡。在大大小小、高高低低，有的方正、有的歪斜的麦田里，每一个叶片都仿佛张开了小嘴，尽情地吮吸着甜甜的雨滴，有如天降甘露，本来有点黄萎的，现在变青了。本来是青的，现在更青了。宇宙间凭空添了一片温馨，一片祥和。

　　我的心又收了回来，收回到了燕园，收回到了我楼旁的小山上，收回到了门前的荷塘内。我最爱的二月兰正在开着花。它们拼命从泥土中挣扎出来，顶住了干旱，无可奈何地开出了红色的、白色的小花，颜色如故，而鲜亮无踪，看了给人以孤苦伶仃的感觉。在荷塘中，冬眠刚醒的荷花，正准备力量向水面冲击。水当然是不缺的，但是，细雨滴在水面上，画成了一个个的小圆圈，方逝方生，方生方逝。这本是人类中的诗人所欣赏的东西，小荷花看了也高兴起来，劲头更大了，肯定会很快地钻出水面。

　　我的心又收近了一层，收到了这个阳台上，收到了自己的脑子里，头顶上叮当如故，我的心情怡悦有加。但我时时担心，它会突然停下来。我潜心默祷，祝愿雨声长久响下去，响下去，永远也不停。

1995年4月13日

晨趣

> 我真觉得，人生毕竟是非常可爱的，大地
> 毕竟是非常可爱的。我有点不知老之已至了。

一抬头，眼前一片金光：朝阳正跳跃在书架顶上玻璃盒内日本玩偶藤娘身上，一身和服，花团锦簇，手里拿着淡紫色的藤萝花，都熠熠发光，而且闪烁不定。

我开始工作的时候，窗外暗夜正在向前走动。不知怎样一来，暗夜已逝，旭日东升。这阳光是从哪里流进来的呢？窗外一棵高大的梧桐树，枝叶繁茂，仿佛张开了一张绿色的网。再远一点，在湖边上是成排的垂柳。所有这一些都不利于阳光的穿透。然而阳光确实流进来了，就流在藤娘身上……

然而，一转瞬间，阳光忽然又不见了，藤娘身上，一片阴影。窗外，在梧桐和垂柳的缝隙里，一块块蓝色的天空。成群的鸽子正盘旋飞翔在这样的天空里，黑影在蔚蓝上面划上了弧线。鸽影落在

湖中，清晰可见，好像比天空里的更富有神韵，宛如镜花水月。

朝阳越升越高，透过浓密的枝叶，一直照到我的头上。我心中一动，阳光好像有了生命，它启迪着什么，它暗示着什么。我忽然想到印度大诗人泰戈尔，每天早上对着初升的太阳，静坐沉思，幻想与天地同体，与宇宙合一。我从来没达到这样的境界，我没有这一份福气。可是我也感到太阳的威力，心中思绪腾翻，仿佛也能洞察三界，透视万有了。

现在我正处在每天工作的第二阶段的开头上。紧张地工作了一个阶段以后，我现在想缓松一下，心里有了余裕，能够抬一抬头，向四周，特别是窗外观察一下。窗外风光如旧，但是四季不同：春花，秋月，夏雨，冬雪，情趣各异，动人则一。现在正是夏季，浓绿扑人眉宇，鸽影在天，湖光如镜。多少年来，当然都是这个样子。为什么过去我竟视而不见呢？今天，藤娘身上一点闪光，仿佛照透了我的心，让我抬起头来，以崭新的眼光，来衡量一切，眼前的东西既熟悉，又陌生，我仿佛搬到了一个新的地方，把我好奇的童心一下子都引逗起来了。我注视着藤娘，我的心却飞越茫茫大海，飞到了日本，怀念起赠送给我藤娘的室伏千津子夫人和室伏佑厚先生一家来。真挚的友情温暖着我的心……

窗外太阳升得更高了。梧桐树椭圆的叶子和垂柳的尖长的叶子，交织在一起，椭圆与细长相映成趣。最上一层阳光照在上面，一片嫩黄；下一层则处在背阴处，一片黑绿。远处的塔影，屹立不动。天空里的鸽影仍然在划着或长或短、或远或近的弧线。再把眼光收回来，则看到里面窗台上摆着的几盆君子兰，深绿肥大的叶子，给我心中增添了绿色的力量。

多么可爱的清晨，多么宁静的清晨！

此时我怡然自得，其乐陶陶。我真觉得，人生毕竟是非常可爱的，大地毕竟是非常可爱的。我有点不知老之已至了。我这个从来不写诗的人心中似乎也有了一点诗意。

此身合是诗人未？

鸽影湖光入目明。

我好像真正成为一个诗人了。

1988年10月13日晨

石林颂

> 石林能使画家搁笔，歌唱家沉默，诗人徒唤奈何。我既非画家，又非歌唱家，更非诗人。我只能用这样粗鄙的文字，唱出我的颂歌。

　　我怎样来歌颂石林呢？它是祖国的胜迹，大自然的杰作，宇宙的奇观。它能使画家搁笔，歌唱家沉默，诗人徒唤奈何。

　　但是，我却仍然是非歌颂它不可。在没有看到它以前，我已经默默地歌颂了它许多许多年。现在终于看到了它，难道还能沉默无言吗？

　　在不知道多少年以前，我就听人们谈论到石林，还在一些书上读到有关它的记载。从那时候起，对这样一个神奇的东西，我心里就埋上了一颗向往的种子。以后，我曾多次经过昆明，每次都想去看一看石林；但是，每次都没能如愿，空让那一颗向往的种子寂寞地埋在我的心里，没有能够发芽、开花。

我曾有过种种的幻想。我把一切我曾看到过的同"石"和"林"有关的东西都联系起来，构成了我自己的"石林"。我幻想：石林就像是热带的仙人掌，一根一根竖在那里，高高地插入蔚蓝的晴空。我幻想：石林就像是木变石，不是一株，而是千株万株，参差不齐，错错落落，汇成一片大森林。我又幻想：石林就像是一堆太湖石，玲珑剔透，嵯峨巉岩，布满了一座美丽的大花园。我觉得，自己创造出来的这些形象都是异常美妙的，我沉涵于自己的幻想中。

然而今天，我终于亲眼看到石林了。我发现，不管我那些幻想是多么奇妙，多么美丽，相形之下，它们都黯然失色，有些简直显得寒碜可笑了。我眼前的石林完全不是那个样子。

走到离开石林还有十几里路的地方，我就看到一块块的灰色大石头耸立在稻田中，孤高挺直，拔地而起，倒影映在黄色的水面上，再衬上绿色的禾苗，构成一幅秀丽动人的图画。这些石头错错落落地站在那里，从远处看去，就像是一团团的乌云，像是一头头的野象，又像是古代神话中的巨人，手执刀枪，互相搏斗。我兴奋起来了，自己心里想：石林原来是这个样子呀！

然而，过了不久，我就发现，石林也还不完全就是这个样子。

到了石林的最胜处，我看到一块块的青灰色的大石头，高达几十丈几百丈，仿佛是给魔术师从大地深处咒出来似的，盘根错节，森森棱棱，形成了一座巨大的迷宫。这些石头都洋溢着无穷无尽的力量，威慑地挺立在我们眼前。迷宫里面千门万户，窈窕玲珑，说不清有多少曲涧，数不清有多少幽洞。我仿佛走进了古代的阿房宫，"五步一楼，十步一阁。廊腰缦回，檐牙高啄。各抱地势，钩心斗角"。一条条的羊肠小道，阴暗崎岖。一处处的岩穴洞府，老藤穿壁，绿苔盈阶。有时候，我以为没有路了，但是转过一座石壁，却豁然开朗，眼前有清泉一泓，参天怪石倒影其中，显得幽深邈远，恍如仙境；有时候，我以为有路，但是穿涧越洞，猱升蛇行，爬得我昏头昏脑，终于还是碰了壁，不得不回头另找出路；也有时候，我左转右转，上上下下，弯腰曲背，碰头擦臂，以为不知道已经走了多远，然而站下来，定睛一看，却原来又回来了。我就像是陷入了八阵图中，心情又紧张，又兴奋。

但是，在紧张和兴奋中，我并没有忘记欣赏四周的瑰奇伟丽的景色。面对着各种各样的怪石头，我的脑海里映起了种种形象。我有时候想到古代希腊的雕塑，于是目光所到之处，上下左右，全是精美的雕塑，有留着小胡子的阿波罗，有断了一只胳臂的维纳斯，我仿佛到了奥林匹亚神山之上，身处群神之中。我有时候想到"曹衣出水，吴带当风"这两句话，眼前立刻就出现了一幅幅吴道子的绘画，笔触遒劲，力透纸背。一转眼，我眼前又仿佛出现了一座古罗马的大剧院，四周围着粗大的石柱，一根根都有撑天的力量。稍微换一个角度，我又看到南印度海边上用一块块大石头雕成的婆罗门教的神庙，星罗棋布地排在那里。再向前走两步，迎面奔来一群野象，一个个甩起了长大的鼻子，来势汹汹，漫山遍野。然而，眼睛一眨，野象又变成了狮子，大大小小，跳踉游戏，爪子对着爪子，尾巴缠住尾巴，我仿佛能听到它们的吼声。如果眼睛再一眨，野兽就突然会变成花朵。这里是一朵云南名贵的茶花，那里是一朵北地蜚声的牡丹，红英映日，绿萼蔽天。这里是芙蓉花来自阆苑仙境，那里是西方极乐世界里的红莲。只要我心思一转，花朵又转成了人物。仙人骑着丹顶鹤驾云而至，阿罗汉披着袈裟大踏步地走下兜率天……

我左思右想，眼花缭乱。眼前这一片森森棱棱的石头仿佛都活了起来，它们仿佛都具有大神通力，变化多端。我想到什么东西，眼前就出现什么东西。也可以说，眼前出现什么东西，我就想到什么东西。我平常总认为自己并不缺乏想象力。可是今天面对着这一堆石头，我的想象却像是给剪掉了翅膀，没法活动了。我只好停下来，干脆什么都不想，排除一切杂念，让自己的心成为一面光洁的镜子，这一堆鬼斧神工凿成的大石头就把自己的影子投入我这一面晶莹澄澈的镜中。

我现在觉得，倒是本地人民的幻想要比我的幻想好得多。他们是这样说的：有一天，仙人张果老用鞭子赶着一群石头，想把南盘江口堵住，把路南一带变成大海，让村庄淹没，人畜死亡。这时候，正巧有一对青年男女在旷野里谈情说爱。他们看到这情形，就同张果老打起来。结果神仙被打败了，一溜烟逃走，丢下这一群石头，就变成了现在的石林。

这幻想的故事是多么朴素，但又多么含义深远呀！相形之下，自己那些幻想真显得华而不实、毫无意义了。我于是更下定了决心，再不胡思乱想，坐对群石，潜心静观，让它们把影子投入我心里那一面晶莹澄澈的镜中。

　　但是，我却无论如何也压抑不住自己的激情，我不能沉默无言。石林能使画家搁笔，歌唱家沉默，诗人徒唤奈何。我既非画家，又非歌唱家，更非诗人。我只能用这样粗鄙的文字，唱出我的颂歌。

1962年1月末在思茅写成初稿

6月11日在北京重写

山中逸趣

> 就是在那种极其困难的环境中，人生乐
> 趣仍然是有的。在任何情况下，人生也决不
> 会只有痛苦，这就是我悟出的禅机。

置身饥饿地狱中，上面又有建造地狱时还不可能有的飞机的轰炸，我的日子比地狱中的饿鬼还要苦上十倍。

然而，打一个比喻说，在英雄交响乐的激昂慷慨的乐声中，也不缺少像莫扎特的小夜曲似的情景。

哥廷根的山林就是小夜曲。

哥廷根的山不是怪石嶙峋的高山，这里土多于石；但是却确又有山的气势。山顶上的俾斯麦塔高踞群山之巅，在云雾升腾时，在乱云中露出的塔顶，望之也颇有蓬莱仙山之概。

最引人入胜的不是山，而是林。这一片丛林究竟有多大，我住了十年也没能弄清楚，反正走几个小时也走不到尽头。林中主要是

白杨和橡树，在中国常见的柳树、榆树、槐树等，似乎没有见过。更引人入胜的是林中的草地。德国冬天不冷，草几乎是全年碧绿。冬天雪很多，在白雪覆盖下，青草也没有睡觉，只要把上面的雪一扒拉，青翠欲滴的草立即显露出来。每到冬春之交时，有白色的小花，德国人管它叫"雪钟儿"，破雪而出，成为报春的象征。再过不久，春天就真的来到了大地上，林中到处开满了繁花，一片锦绣世界了。

到了夏天，雨季来临，哥廷根的雨非常多，从来没听说有什么旱情。本来已经碧绿的草和树木，现在被雨水一浇，更显得浓翠逼人。整个山林，连同其中的草地，都绿成一片，绿色仿佛塞满了寰中，涂满了天地，到处是绿，绿，绿，其他的颜色仿佛一下子都消逝了。雨中的山林，更别有一番风味。连绵不断的雨丝，同浓绿织在一起，形成一张神奇、迷茫的大网。我就常常孤身一人，不带什么伞，也不穿什么雨衣，在这一张覆盖天地的大网中，踽踽独行。除了周围的树木和脚底下的青草以外，仿佛什么东西都没有，我颇有佛祖释迦牟尼的感觉，"天上天下，唯我独尊"了。

一转入秋天，就到了哥廷根山林最美的季节。我曾在《忆章用》一文中描绘过哥城的秋色，受到了朋友的称赞，我索性抄在这里：

哥廷根的秋天是美的，美到神秘的境地，令人说不出，也根本想不到去说。有谁见过未来派的画没有？这小城东面的一片山林在秋天就是一幅未来派的画。你抬眼就看到一片耀眼的绚烂。只说黄色，就数不清有多少等级，从淡黄一直到接近棕色的深黄，参差地抹在一片秋林的梢上，里面杂了冬青树的浓绿，这里那里还点缀上一星星鲜红，给这惨淡的秋色涂上一片凄艳。

我想，看到上面这一段描绘，哥城的秋山景色就历历如在目前了。

一到冬天，山林经常为大雪所覆盖。由于温度不低，所以覆盖不会太久就融化了；又由于经常下雪，所以总是有雪覆盖着。上面的山林，一部分依然是绿的；雪下面的小草也仍旧碧绿。上下都有生命在运行着。哥廷根城的生命活力似乎从来没有停息过，即使是在冬天，情况也依然如此。等到冬天一转入春天，生命活力没有什么覆盖了，于是就彰明昭著地腾跃于天地之间了。

哥廷根的四时的情景就是这个样子。

从我来到哥城的第一天起，我就爱上了这山林。等到我坠入饥饿地狱，等到天上的飞机时时刻刻在散布死亡时，只要我一进入这山林，立刻在心中涌起一种安全感。山林确实不能把我的肚皮填饱，但是在饥饿时安全感又特别可贵。山林本身不懂什么饥饿，更用不着什么安全感。当全城人民饥肠辘辘，在英国飞机下心里忐忑不安的时候，山林却依旧郁郁葱葱，"依旧烟笼十里堤"。我真爱这样的山林，这里真成了我的世外桃源了。

我不知道有多少次，一个人到山林里来；也不知道有多少次，同中国留学生或德国朋友一起到山林里来。在我记忆中最难忘记的一次畅游，是同张维和陆士嘉在一起的。这一天，我们的兴致都特别高。我们边走，边谈，边玩，真正是忘路之远近。我们走呀，走呀，已经走到了我们往常走到的最远的界限；但在不知不觉之间就走越了过去，仍然一往直前。越走林越深，根本不见任何游人。路上的青苔越来越厚，是人迹少到的地方。周围一片寂静，只有我们的谈笑声在林中回荡，悠扬，遥远。远处在林深处听到柏叶上有窸窣的声音，抬眼一看，是几只受了惊的梅花鹿，瞪大了两只眼睛，看了我们一会，立即一溜烟似的逃到林子的更深处去了。我们最后走到了一个悬崖上，下临深谷，深谷的那一边仍然是无边无际的树林。我们无法走下去，也不想走下去，这里就是我们的天涯海角了。回头走的路上，遇到了雨。躲在大树下，避了一会雨。然而雨越下越大，我们只好再往前跑。出我们意料之外，竟然找到了一座木头凉亭，真是避雨的好地方。里面已经先坐着一个德国人。打了一声招呼，我们也就坐下，同是深林躲雨人，相逢何必曾相识。我们没有通名报姓，就上天下地胡谈一通，宛如故友相逢了。

　　这一次畅游始终留在我的记忆里，至今难忘。山中逸趣，当然不止这一桩。大大小小、琐琐碎碎的事情，还可以写出一大堆来。我现在一律免掉。我写这些东西的目的，是想说明，就是在那种极其困难的环境中，人生乐趣仍然是有的。在任何情况下，人生也决不会只有痛苦，这就是我悟出的禅机。

上海菜市场

> 任何图画也比不上这一些摊子。图画里面的东西是死的、不能动的。这里的东西却随时在流动。

　　上海尽有看不够数不清的高楼大厦，跑不完走不尽的大街小巷，满目琳琅的玻璃橱窗，车水马龙的繁华闹市；但是，我们的许多外国朋友却偏要去看一看早晨的菜市场。这是完全可以理解的。我们刚到上海的时候不是也想到菜市上去看一看吗？

　　那还是几年前的一个早晨，在太阳刚刚升起来的时候，踏着熹微的晨光，到一个离开旅馆不远的菜市场去。

　　到了邻近菜市场的地方，市场的气氛就逐渐浓了起来。熙熙攘攘的人群，摩肩擦背，来来往往。许多老大娘的菜篮子里装满了蔬菜海味鸡鸭鱼肉。有的篮子里活鱼在摇摆着尾巴，肥鸡在咯咯地叫着。老大娘带着一脸笑意，满怀愉快，走回家去。

　　一走进菜市场，仿佛走进了另一个世界。这里面五光十色，令人眼花缭乱。但是，仔细一看，所有的东西却又都摆得整整齐齐，有条不紊。菜摊子、肉摊子、鱼虾摊子、水果摊子，还有其他的许许多多的摊子，分门别类，秩序井然，又各有特点，互相辉映。你就看那蔬菜摊子吧。这里有各种不同的颜色：紫色的茄子、白色的萝卜、红色的西红柿、绿色的小白菜，纷然杂陈，交光互影。这里又有各种不同的线条：大冬瓜又圆又粗，豆荚又细又长，白菜的叶子又扁又宽。就这样，不同的颜色、不同的线条，紧密地摆在一起，于纷杂中见统一。我的眼一花，我觉得，眼前不是什么菜摊子，而是一幅出自名家手笔的彩色绚丽、线条鲜明的油画或水彩画。

　　不只菜摊子是这样，其他的摊子也莫不如此，卖鱼的摊子上，活鱼在水里游泳，十几斤重的大鲤鱼躺在案板上。卖鸡鸭的摊子上，鸡鸭在笼子里互相召唤。卖肉的摊子上，整片的猪肉、牛肉和羊肉挂在那里。还为穆斯林设了卖牛、羊肉的专柜。在其他的摊子上，鸡蛋和鸭蛋堆得像小山，一个个闪着耀眼的白光。咸肉和板鸭成排挂在架子上，肥得仿佛就要滴下油来。水果摊子更是琳琅满目。肥大的水蜜桃、大个儿的西瓜、又黄又圆的香瓜、白嫩的鲜藕，摆在一起，竞妍斗艳。我眼前仿佛看到葳蕤的果子园、十里荷香的池塘、翠叶离离的瓜地。难道这不是一幅美妙无比的图画吗？

　　说是图画，这只是一时的幻象。说真的，任何图画也比不上这一些摊子。图画里面的东西是死的、不能动的。这里的东西却随时在流动。原来摆在架子上的东西，一转眼已经到了老大娘的菜篮子里。她们站在摊子前面，眯细了眼睛，左挑右捡，直到选中了自己想买的东西为止。至于价钱，她们是不发愁的，因为东西都不贵。结果是皆大欢喜，在一片闹闹嚷嚷的声中，大家都买到了中意的东西。她们原来的空篮子不久就满了起来。当她们转回家去的时候，她们手中的篮子也像是一幅幅美丽的图画了。

　　我们的外国朋友是住在旅馆里的，什么东西都不缺少。但是他们看到这些美丽诱人的东西，一方面啧啧称赞，一方面又跃跃欲试，也都想买点什么。有人买了几个大香瓜，有人买了几斤西红柿，还有人买了一些豆腐干。这样就会使本来已经很丰富的餐桌更加丰富多彩。我们的外国朋友也皆大欢喜了。

1963年9月27日

我爱北京的小胡同

> 外面十分简单，里面十分复杂；外面十分平凡，里面十分神奇。这是北京许多小胡同共有的特点。

我爱北京的小胡同，北京的小胡同也爱我，我们已经结下了永恒的缘分。

六十多年前，我到北京来考大学，就下榻于西单大木仓里面一条小胡同中的一个小公寓里。白天忙于到沙滩北大三院去应试。北大与清华各考三天，考得我焦头烂额，精疲力尽；夜里回到公寓小屋中，还要忍受臭虫的围攻，特别可怕的是那些臭虫的空降部队，防不胜防。

但是，我们这一帮山东来的学生仍然能够苦中作乐。在黄昏时分，总要到西单一带去逛街。街灯并不辉煌，"无风三尺土，有雨一街泥"，也会令人不快。我们却甘之若饴。耳听铿锵清脆、悠扬有致的京腔，如闻仙乐。此时鼻管里会蓦地涌入一股幽香，是从路旁小花摊上的栀子花和茉莉花那里散发出来的。回到公寓，又能听到小胡同中的叫卖声："驴肉！驴肉！""王致和的臭豆腐！"其声悠扬、深邃，还含有一点凄清之意。这声音把我送入梦中，送到与臭虫搏斗的战场上。

　　将近五十年前，我在欧洲待了十年多以后，又回到了故都。这一次是住在东城的一条小胡同里：翠花胡同，与南面的东厂胡同为邻。我住的地方后门在翠花胡同，前门则在东厂胡同，据说就是明朝的特务机关东厂所在地，是折磨、囚禁、拷打、杀害所谓"犯人"的地方，冤死之人极多，他们的鬼魂据说常出来显灵。我是不相信什么鬼怪的，我感兴趣的不是什么鬼怪显灵，而是这一所大房子本身。它地跨两个胡同，其大可知。里面重楼复阁，回廊盘曲，院落错落，花园重叠，一个陌生人走进去，必然是如入迷宫，不辨东西。

　　然而，这样复杂的内容，无论是从前面的东厂胡同，还是从后面的翠花胡同，都是看不出来的。外面十分简单，里面十分复杂；外面十分平凡，里面十分神奇。这是北京许多小胡同共有的特点。

　　据说当年黎元洪大总统在这里住过。我住在这里的时候，北大校长胡适住在黎住过的房子中。我住的地方仅仅是这个大院子中的一个旮旯，在西北角上。但是这个旮旯也并不小，是一个三进的院子，我第一次体会到"庭院深深深几许"的意境。我住在最深一层院子的东房中，院子里摆满了汉代的砖棺。这里本来就是北京的一所"凶宅"，再加上这些棺材，黄昏时分，总会让人感觉到鬼影幢幢，毛骨悚然。所以很少有人敢在晚上来拜访我。我每日"与鬼为邻"，倒也过得很安静。

第二进院子里有很多树木，我最初没有注意是什么树。有一个夏日的晚上，刚下过一阵雨，我走在树下，忽然闻到一股幽香。原来这些是马缨花树，现在树上正开着繁花，幽香就是从这里散发出来的。

这一下子让我回忆起十几年前西单的栀子花和茉莉花的香气。当时我是一个十九岁的大孩子，现在成了中年人。相距将近二十年的两个我，忽然融合到一起来了。

不管是六十多年，还是五十年，都成为过去了。现在北京的面貌天天在改变，层楼摩天，国道宽敞。然而那些可爱的小胡同，却日渐消逝，被摩天大楼吞噬掉了。看来在现实中小胡同的命运和地位都要日趋消沉，这是不可抗御的，也不一定就算是坏事。可是我仍然执着地关心我的小胡同。就让它们在我的心中占一个地位吧，永远，永远。

我爱北京的小胡同，北京的小胡同也爱我。

1993年10月25日

我的书斋

> 我兀坐在书城中，忘记了尘世的一切不愉快的事情，怡然自得。以世界之广，宇宙之大，此时却仿佛只有我和我的书友存在。

最近身体不太好。内外夹攻，头绪纷繁，我这已届耄耋之年的神经有点吃不消了。于是下定决心，暂且封笔。乔福山同志打来电话，约我写点什么，我遵照自己的决心，婉转拒绝。但一听说题目是《我的书斋》，于我心有戚戚焉，立即精神振奋，暂停决心，拿起笔来。

我确实有个书斋，我十分喜爱我的书斋。这个书斋是相当大的，大小房间，加上过厅、厨房，还有封了顶的阳台，大大小小，共有八个单元。册数从来没有统计过，总有几万册吧。在北大教授中，"藏书状元"我恐怕是当之无愧的。而且在梵文和西文书籍中，有一些堪称海内孤本。我从来不以藏书家自命，然而坐拥如此大的书城，心里能不沾沾自喜吗？

我的藏书都像是我的朋友，而且是密友。我虽然对它们并不是每一本都认识，它们中的每一本却都认识我。我每一走进我的书斋，书籍们立即活跃起来，我仿佛能听到它们向我问好的声音，我仿佛能看到它们向我招手的情景。倘若有人问我，书籍的嘴在什么地方？而手又在什么地方呢？我只能说："你的根器太浅，努力修持吧。有朝一日，你会明白的。"

我兀坐在书城中，忘记了尘世的一切不愉快的事情，怡然自得。以世界之广，宇宙之大，此时却仿佛只有我和我的书友存在。窗外粼粼碧水，丝丝垂柳，阳光照在玉兰花的肥大的绿叶子上，这都是我平常最喜爱的东西，现在也都视而不见了。连平常我喜欢听的鸟鸣声"光棍儿好过"，也听而不闻了。

我的书友每一本都蕴涵着无量的智慧。我只读过其中的一小部分，这智慧我是能深深体会到的。没有读过的那一些，好像也不甘落后，它们不知道是施展一种什么神秘的力量，把自己的智慧放了出来，像波浪似的涌向我来。可惜我还没有修炼到能有"天眼通"和"天耳通"的水平，我还无法接受这些智慧之流。如果能接受的话，我将成为世界上古往今来最聪明的人。我自己也去努力修持吧。

我的书友有时候也让我窘态毕露。我并不是一个不爱清洁和秩序的人；但是，因为事情头绪太多，脑袋里考虑的学术问题和写作问题也不少，而且每天都收到大量的寄来的书籍和报纸杂志以及信件，转瞬之间就摞成一摞。在这样的情况下，如果我需要一本书，往往是遍寻不得，"只在此屋中，书深不知处"，急得满头大汗，也是枉然。只好到图书馆去借。等我把文章写好，把书送还图书馆后，无意之间，在一摞书中，竟找到了我原来要找的书，"得来全不费工夫"。然而晚了，工夫早已费过了。我啼笑皆非，无可奈何，等到用另外一本书时，再重演一次这出喜剧。我知道，我要寻找的书友，看到我急得那般模样，会大声给我打招呼的；但是喊破了嗓子，也无济于事，我还没有修持到能听懂书的语言的水平。我还要加倍努力去修持。我有信心，将来一定能获得真正的"天眼通"和"天耳通"。只要我想要哪一本书，那一本书就会自己报出所在之处，我一伸手，便可拿到，如探囊取物。这样一来，文思就会像泉水般地喷涌，我的笔变成了生花妙笔，写出来的文章会成为天下之至文。到了那时，我的书斋里会充满了没有声音的声音，布满了没有形象的形象。我同我的书友们能够自由地互通思想，交流感情。我的书斋会成为宇宙间第一神奇的书斋，岂不猗欤休哉！

我盼望有这样一个书斋。

1993年6月22日

回家

> 我真觉得，大自然特别可爱，生命特别可爱，人类特别可爱，一切有生无生之物特别可爱，祖国特别可爱，宇宙万物无有不可爱者。欢喜充满了三千大千世界。

从医院里捡回来了一条命，终于带着它回家来了。

由于自己的幼稚、固执、迷信"癣疥之疾"的说法，竟走到了向阎王爷那里去报到的地步。也许是因为文件盖的图章不够数，或者红包不够丰满，被拒收，又溜达回来，住进了三〇一医院。这一所医德、医术、医风三高的医院，把性命奇迹般地还给了我，给了我一次名副其实的新生。

现在我回家来了。

什么叫家？以前没有研究过。现在忽然间提了出来，仍然是回答不上来。要说家是比较长期居住的地方，那么，在欧洲游荡了几百年的吉卜赛人住在流动不居的大车上，这算不算家呢？

我现在不想仔细研究这种介乎形而上学和形而下学之间的学问。还是让我从医院说起吧。

这一所医院是全国著名的，称之为超一流，是完全名副其实的。我相信，即使是最爱挑剔的人也决不会挑出什么毛病来。从医疗设备到医生水平，到病房的布置，到服务态度，到工作效率，等等，无不尽如人意。就是这样一个地方，我初搬入的时候，心情还浮躁过一阵，我想到我那在燕园垂杨深处的家，还有我那盈塘季荷和小波斯猫。但是住过一阵之后，我的心情平静了，我觉得住在这里就像是住在天堂乐园里一般。一个个穿白大褂的护士小姐都像是天使，幸福就在这白色光芒里闪烁。我过了一段十分愉快的生活。约莫一个月以后，病情已经快达到了痊愈的程度。虽然我的生活仍然十分甜美，手脚上长出来的丑类已经完全消灭。笔墨照舞照弄不误。我的心情却无端又浮躁起来。我想到，此地"信美非吾土"。我又想到了我那盈塘的季荷和小波斯猫。我要回家了。

回到朗润园的时候，已是黄昏时分。韩愈诗"黄昏到寺蝙蝠飞"，我现在是"黄昏到园蝙蝠飞"，空中确有蝙蝠飞着。全园还没有到灯火辉煌的程度。在薄暗中，盈塘荷花的绿叶显不出绿色，只是灰蒙蒙的一片。独有我那小波斯猫，不知是从什么地方窜了出来，坐下惊愕了一阵，认出了是我，立即跳了上来，在我的两腿间蹭来蹭去，没完没了。它好像是要说："老伙计呀！你可是到哪里去了？叫我好想呀！"我一进屋，它立即跳到我的怀里，无论如何，也不离开。

第二天早晨，我照例四点多起床。最初，外面还是一片黢黑，什么东西也看不清。不久，东方渐渐白了起来，天蒙蒙亮了。早晨锻炼的人开始出来了。一个穿红衣服的小伙子跑步向西边去了。接着就从西面走来了那一位挺着大肚子的中年妇女，跟在后面距离不太远的是那一位寡居的教授夫人。这些人都是我天天早上必先见到的人物，今天也不例外。一恍神，我好像根本没有离开过这里。在医院里的四十六天，好像是在宇宙间根本没有存在过，在时间上等于一个零。

等到天光大亮的时候，我仔细观察我的季荷。此时，绿盖满塘，浓碧盈空，看了令人精神为之一振。"心有灵犀一点通"，中国人相信人心是能相通的。我现在却相信，荷花也是有灵魂的，它与人心也能相通的。我的荷花掐指一算，我今年当有新生之喜；于是憋足了劲要大开一番，以示庆祝。第一朵花正开在我的窗前，是想给我一个信号。孤零零的一大朵红花，朝开夜合，确实带给了我极大的欢悦。可是荷花万没有想到，连我自己都没有想到嘛，我突然住进了医院。听北大到医院来看我的人说，荷花先是一朵，后是几朵，再后是十几朵，几十朵，上百朵，超过一百朵，开得盈塘盈池，红光照亮了朗润园。成了燕园中一道亮丽的风景线。可惜我在医院里不能亲自欣赏，只有躺在那里玄想了。

我把眼再略微抬高了一点，看到荷塘对岸的万众楼，依然雕梁画栋，金碧辉煌。楼名是我题写的。因为楼是西向的，我记得过去只有在夕阳返照中才能看清楚那三个金光闪闪的大字。今天，朝阳从楼后升起，楼前当然是黑的；但不知什么东西把阳光反射了回去，那三个大字正处在光环中，依然金光闪闪。这是极细微的小事，但是，我坐在这里却感到有无穷的逸趣。

与万众楼隔塘对峙是一座小山，出我的楼门，左拐走十余步就能走到。记得若干年前，一到深秋，山上的树丛叶子颜色一变，地上的草一露枯黄相，就给人以萧瑟凄清的感觉，这正是悲秋的最佳时刻。后来栽上了丰花月季，据说一年能开花十个月。前几年，一个初冬，忽然下起了一场大雪。小山上的树枝都变成了赤条条毫无牵挂。长在地上的东西都被覆盖在一片茫茫的白色之下。令我吃惊的是，我瞥见一枝月季，从雪中挺出，顶端开着一朵小花，鲜红浓艳，傲雪独立。它仿佛带给我了灵感，带给我了活力，带给我了无穷无尽的希望。我一时狂欢不能自禁。

小山上，树木丛杂，野草遍地，是鸟类的天堂。当前全世界人口爆炸，人与鸟兽争夺生存空间。燕园这一大片地带，如果从空中下看的话，一定是一片浓绿，正是鸟类所垂青的地方。因此，这里的鸟类相对来说是比较多的。每天早晨，最先出现的往往是几只喜鹊，在山上塘边树枝间跳来跳去，兴高采烈。接着出场的是成群的灰喜鹊，也是在树枝间蹦蹦跳跳，兴高采烈。到了春天，当然会有成群的燕子飞来助兴。此时，啄木鸟也必然飞来凑趣，把古树敲得砰砰作响，好像要给这一场万籁齐鸣的音乐会敲起鼓点儿。空中又响起了布谷鸟清脆的鸣声，由远到近，又由近到远，终于消逝在太空中。我感到遗憾的是，以前每天都看到乌鸦从城里飞向远郊，成百，上千，黑压压一片。今天则片影无存了。我又遗憾见不到多少麻雀。20世纪50年代被某一个人无端定为四害之一的麻雀，曾被全国人民群起而攻之，酿成了举世闻名的闹剧。现在则濒于灭绝。在小山上偶尔见到几只，灰头土脑，然而却惊为奇宝了。

幼时读唐诗，读了"西塞山前白鹭飞""两个黄鹂鸣翠柳，一行白鹭上青天"，曾向往白鹭青天的境界，只是没有亲眼看见过。一直到1951年访问印度，曾在从加尔各答乘车到国际大学的路上，在一片浓绿的树木和荷塘上面的天空里，才第一次看到白鹭上青天的情景，顾而乐之。第二次见到白鹭是在前几年游广东佛山的时候。在一片大湖的颇为遥远的对岸上绿树成林，树上都开着白色的大花朵。最初我真以为是花。然而不久却发现，有的花朵竟然飞动起来，才知道不是花朵而是白鸟。我又顾而乐之。其实就在我入医院前不久，我曾瞥见一只白鸟从远处飞来，一头扎进荷叶丛中，不知道在里面鼓捣了些什么，过了许久，又从另一个地方飞出荷叶丛，直上青天，转瞬就消逝得无影无踪了。我难道能不顾而乐之吗？

现在我仍然枯坐在临窗的书桌旁边，时间是回家的第二天早上。我的身子确实没有挪窝儿，但是思想却是活跃异常。我想到过去，想到眼前，又想到未来，甚至神驰万里想到了印度。时序虽已是深秋，但是我的心中却仍是春意盎然。我眼前所看到的，脑海里所想到的东西，无一不笼罩上一团玫瑰般的嫣红，无一不闪出耀眼的光芒。记得小时候常见到贴在大门上的一副对联："万物静观皆自得，四时佳兴与人同。"现在朗润园中的万物，鸟兽虫鱼，花草树木，无不自得其乐。连这里的天都似乎特别蓝，水都似乎特别清。眼睛所到之处，无不令我心旷神怡。思想所到之处，无不令我逸兴遄飞。我真觉得，大自然特别可爱，生命特别可爱，人类特别可爱，一切有生无生之物特别可爱，祖国特别可爱，宇宙万物无有不可爱者。欢喜充满了三千大千世界。

现在我十分清醒地意识到，我是带着捡回来的新生回家来了。

我的家是一个温馨的家。

2002年10月14日

塔什干的一个男孩子

> 这一些孩子简直像一群小老虎，一下子扑到我身上来，搂住我的脖子，在我脸上使劲地亲吻。在惊惶失措中，我清清楚楚地听到清脆的吻声。

塔什干毕竟是一个好地方。按时令来说，当我们到了这里的时候，已经是秋天，淡红淡黄斑驳陆离的色彩早已涂满了祖国北方的山林；然而这里还到处盛开着玫瑰花，而且还不是一般的玫瑰花——有的枝干高得像小树，花朵大得像芍药、牡丹。

我就在这样的玫瑰花丛旁边认识了一个男孩子。

我们从城外的别墅来到市内，最初并没有注意到这一个小男孩。在一个很大的广场里，一边是纳瓦依大剧院，一边是为了招待参加亚非作家会议各国代表而新建的富有民族风味的塔什干旅馆，热情的塔什干人民在这里聚集成堆，男女老少都有。在这样一堆堆的人群里，一个普普通通的小孩子怎么能引起我们的注意呢？

但是，正当我们站在汽车旁边东张西望的时候，忽然听到细声细气的儿童的声音，说的是一句英语："您会说英国话吗？"我低头一看，才看到一个十二三岁的小男孩。他穿了一件又灰又黄带着条纹的上衣，头发金黄色，脸上稀稀落落有几点雀斑，两只蓝色的大眼睛一闪忽一闪忽的。

这个小孩子实在很可爱，看样子很天真，但又似乎懂得很多的东西。虽然是个男孩，却又有点像女孩，羞羞答答，欲进又退，欲说又止。

我就跟他闲谈起来。他只能说极简单的几句英国话，但是也能把自己的意思表达出来。他告诉我，他的英文是在当地的小学里学的，才学了不久。他有一个通信的中国小朋友，是在广州。他的中国小朋友曾寄给他一个什么纪念章，现在就挂在他的内衣上。说着他就把上衣掀了一下。我看到他内衣上的确别着一个圆圆的东西。但是，还没有等我看仔细，他已经把上衣放下来了。仿佛那一个圆圆的东西是一个无价之宝，多看上两眼，就能看掉一块似的。我可以很清楚地看到，这一个看来极其平常的中国徽章在他的心灵里占着多么重要的地位；也可以看到，中国和他的那一个中国小朋友，在他的心灵里占着多么重要的地位。

我同这一个塔什干的男孩子第一次见面，从头到尾，总共不到五分钟。

跟着来的是极其紧张的日子。

在白天，上午和下午都在纳瓦依大剧院里开会。代表们用各种不同的语言发言，愤怒控诉殖民主义的罪恶。我的感情也随着他们的感情而激动，而昂扬。

一天下午，我们正走出塔什干旅馆，准备到对面的纳瓦依大剧院里去开会。同往常一样，热情好客的塔什干人民，又拥挤在这一个大广场里，手里拿着笔记本，或者只是几张白纸，请各国代表签名。他们排成两列纵队，从塔什干旅馆起，几乎一直接到纳瓦依大剧院，说说笑笑，像过年过节一样。整个广场成了一个欢乐的海洋。

我陷入夹道的人堆里，加快脚步，想赶快冲出重围。

但是，冷不防，有什么人从人丛里冲了出来，一下子就把我抱住了。我吃了一惊，定神一看，眼前站着的就是那一个我几乎已经完全忘记了的小男孩。

也许上次几分钟的见面就足以使得他把我看做熟人。总之，他那种胆怯羞涩的神情现在完全没有了。他拉住我的两只手，满脸都是笑容，仿佛遇到了一个多年未见十分想念的朋友和亲人。

我对这一次的不期而遇也十分高兴。我在心里责备自己："这样一个小孩子我怎么竟会忘掉了呢？"但是，还有人等着我一块走，我没有法子跟他多说话，在又惊又喜的情况下，一时也想不起说什么话好。他告诉我："后天，塔什干的红领巾要到大会上去献花，我也参加。"我就对他说："那好极了。我们在那里见面吧！"

我倒是真想在那一天看到他的。第二次的见面，时间比第一次还要短，大概只有两三分钟。但是我却真正爱上了这一个热爱中国

热爱中国人民的小孩子。我心里想：第一次见面是不期而遇，我没有能够带给他什么东西当作纪念品。第二次见面又是不期而遇，我又没有能够带给他什么东西当作纪念品。我心里十分不安，仿佛缺少了什么东西，有点惭愧的感觉。

跟着来的仍然是极其紧张的日子。

大会开到了高潮，事情就更多了。但是，我同那个小孩子这一次见面以后，我的心情同第一次见面后完全不同了。不管我是多么忙，也不管我在什么地方，我的思想里总常常有这个小孩子的影子。它几乎霸占住我整个的心。我把所有的希望都寄托在他要到大会上去献花的那一天上。

那一天终于来到了。气氛本来就非常热烈的大会会场，现在更热烈了。成千成百的男女红领巾分三路涌进会场的时候，全场响起了雷鸣般的掌声。一队红领巾走上主席台给主席团献花。这一队红领巾里面，男孩女孩都有。最小的也不过五六岁，还没有主席台上的桌子高；但也站在那里，很庄严地朗诵诗歌；头上缠着的红绿绸子的蝴蝶结在轻轻地摆动着。主席台上坐着来自三四十个国家的代表团的团长，他们的语言不同，皮肤颜色不同，宗教信仰不同，社会制度不同；但是现在都一齐站起来，同小孩子握手拥抱，有的把小孩子高高地举起来，或者紧紧地抱在怀里。对全世界来说，这是一个极有意义的象征，它象征着全世界爱好和平的人们的大团结。我注意到有许多代表感动得眼里含着泪花。

我也非常感动。但是我心里还记挂着一件事情：我要发现那一个塔什干的男孩。我特意带来了一张丝织的毛主席像，想送给他，好让他大大地高兴一次。我到处找他，挨个看过去，看了一遍又一遍。这些男孩的衣服都一样；女孩子穿着短裙子，男女小孩还可以分辨出来；但是，如果想在小男孩中间分辨出哪个是哪个，那就十分困难了。我看来看去，眼睛都看花了。我眼前仿佛成了一片红领巾和红绿蝴蝶结的海洋，我只觉得五彩缤纷，绚丽夺目。可是要想在这一片海洋里捞什么东西，却毫无希望了。一直等到这一大群孩子排着队退出会场，那一张有着金黄色的头发、上面长着两只圆而大的眼睛和稀稀落落的雀斑的脸，却无论如何也没有找到。

　　我真是从内心深处感到失望。但是我却一点办法都没有。只怪我自己疏忽大意，既没有打听那一个男孩的名字，也没有打听他的住处、他的学校和班级。当我们第二次见面，他告诉我要来献花的时候，我丝毫也没有想到，我们竟会见不到面。现在想打听，也无从打听起了。

　　会议眼看就要结束了。一结束，我们就要离开这里。我一想到这一点，心里就焦急不堪。但是我也并没有完全放弃了希望。每一次走过广场的时候，我都特别注意向四下里看，我暗暗地想：也许会像我们第二次见面那样，那个男孩子会蓦地从人丛中跳出来，两只手抱住我的腰。

　　但是结果却仍然是失望。

　　会议终于结束了。第二天我们就要暂时离开这里，到哈萨克加盟共和国的首都阿拉木图去做五天的访问。在这一天的黄昏，我特意到广场上去散步，目的就是寻找那一个男孩子。

　　我走到一个书亭附近去，看到台子上摆满了书。亚非各国作家作品的俄文和乌兹别克文译本特别多，特别引人注目。有许多人挤在那里买书。我在那里站了一会，想在拥挤的人堆里发现那个男孩子。

我走到大喷水池旁。这是一个大而圆的池子，中间竖着一排喷水的石柱。这时候，所有的喷水管都一齐开放，水像发怒似的往外喷，一直喷到两三丈高，然后再落下来，落到墨绿的水池子里去。喷水柱里面装着红绿电灯，灯光从白练似的水流里面透了出来，红红绿绿，变幻不定，活像天空里的彩虹。水花溅在黑色的水面上，翻涌起一颗颗的珍珠。

我喜欢这一个喷水池，我在这里站了很久。但是我却无心欣赏这些红红绿绿的彩虹和一颗颗的白色珍珠；我是希望能够在这里找到那一个小孩子的。

我走到广场两旁的玫瑰花丛里去，这也是我特别喜欢的地方。这里的玫瑰花又高又大又多，简直数不清有多少棵。人走进去，就仿佛走进了一片矮小的树林子。在黄昏的微光中，碗口大的花朵颜色有点暗淡了，分不清哪一朵是黄的，哪一朵是红的，哪一朵又是红里透紫的。但是，芬芳的香气却比白天阳光普照下还要浓烈。我绕着玫瑰花丛走了几周，不管玫瑰花的香气是多么浓烈，我却仍然是醉翁之意不在酒，我是来寻找那一个男孩子的。

我当时就想到，我这种做法实在很可笑，哪里就会那样凑巧呢？但是我又不愿意承认我这种举动毫无意义。天底下凑巧的事情不是很多很多的吗？我为什么就一定遇不到这样的事情呢？我决不放弃这万一的希望。

但是，结果并不像想象的那样，我到处找来找去，终于怀着一颗失望的心走回旅馆去。

第二天，天还没有明，我们就乘飞机到阿拉木图去了。在这个美丽的山城里访问了五天之后，又在一天的下午飞回塔什干来。

我们这一次回来，只能算是过路，第二天天一亮，我们就要离开这里了。这一次离开同上一次不一样，这是真正的离开。

这一次我心里真正有点急了。

吃过晚饭，我又走到广场上去。我走近书亭，上面写着人名书名的木牌还立在那里。我走过喷水池，白练似的流水照旧泛出了红红绿绿的光彩。我走过玫瑰花丛，玫瑰在寂寞地散放着浓烈的香气。我到处徘徊流连，我是怀着满腔依依难舍的心情，到这里来同塔什干和塔什干人民告别的。

实在出我意料，当我走回旅馆的时候，我从远处看到旅馆门口有几个小男孩挤在那里，向里面探头探脑。我刚走上台阶，一个小孩子一转身，突然扑到我的身边来：这正是我已经寻找了许久而没有找到的那一个男孩。这一次的见面带给他的喜悦，不但远非第一次见面时的喜悦可比，也决非第二次见面时他的喜悦可比。他紧紧地抓住我的双手，双脚都在跳；松了我的手，又抱住我的腰，脸上兴奋得一片红，连气都喘不上来了。

他断断续续地告诉我，他是来找我的，过去五天，他天天都来。

"你怎么知道我还在这里呢？"

"我猜您还在这里。"

"别的代表都已经走了，你这猜想未免太大胆了。"

"一点也不大胆，我现在不是找到您了吗？"

我大笑起来，不得不承认他是对的。

这是一次在濒于绝望中的意外的会见。中国旧小说里有两句话："踏破铁鞋无觅处，得来全不费功夫。"并不能写出我当时的全部心情。"蓦然回头，那人却在灯火阑珊处"，也只能描绘出我的心情的一小部分。我从来不相信世界上会有什么奇迹；现在我却感觉到，世界上毕竟是有奇迹的，虽然我对这一个名词的理解同许多人都不一样。

我当时十分兴奋，甚至有点慌张。我说了声："你在这里等我，不要走！"就跑进旅馆，连电梯也来不及上，飞快地爬上五层楼，把我早已经准备好了的礼物拿下来，又跑到餐厅里找中国同志要毛主席纪念章，然后匆匆忙忙地跑出去。我送给那一个男孩子一张织着天安门的杭州织锦和一枚毛主席像的纪念章，我亲手给他别在衣襟上。同他在一块的三四个男孩子，我也在每个人的衣襟上别了一枚毛主席像的纪念章。这一些孩子简直像一群小老虎，一下子扑到我身上来，搂住我的脖子，在我脸上使劲地亲吻。在惊惶失措中，我清清楚楚地听到清脆的吻声。

我现在再不能放过机会了，我要问一下他的姓名和住址。他就在我的笔记本上写了：谢尼亚·黎维斯坦。我们认识了也好多天了。在这临别的一刹那，我才知道了他的名字。我叫了他一声："谢尼亚！"心里有说不出的感觉。只写了姓名和地址，他似乎还不满意，他又在后面加上了几句话：

我永远也不会忘记您，亲爱的季羡林！希望您以后再回到塔什干来。再见吧，从遥远的中国来的朋友！

谢尼亚

有人在里面喊我，我不得不同谢尼亚和他的小朋友们告别了。

因为过于兴奋，过于高兴，我在塔什干最后的一夜又是一个失眠之夜。我翻来覆去地想到这一次奇迹似的会见。这一次会见虽然时间仍然不长，但是却很有意义。在我这方面，我得到机会问清楚这个小孩子的姓名和地址，以便以后联系；不然的话，他就像是一滴雨水落在大海里，永远不会再找到了。在小孩子方面，他找到了我，在他那充满了对中国的热爱的小小的心灵里，也不会永远感到缺了什么东西。这十几分钟会见的意义是无法用言语表达的。

想来想去，无论如何再也睡不着。我站起来，拉开窗幔：对面纳瓦依大剧院的霓虹灯还在闪闪发光。广场上只有稀稀落落的几个人影。那一丛丛的玫瑰花的确是看不清楚了；但是，根据方向，我依然能够知道它们在什么地方；我也知道，在黑暗中，它们仍然在散发着芬芳浓烈的香气。

1961年7月5日

两行写在泥土地上的字

> 我已经到了风烛残年，对人生看得透而又透，只等造化小儿给我的生命画上句号。然而这些素昧平生的男女大孩子的信，却给我重新注入了生命的活力。

夜里有雷阵雨，转瞬即停。"薄云疏雨不成泥"，门外荷塘岸边，绿草坪畔，没有积水，也没有成泥，土地只是湿漉漉的。一切同平常一样，没有什么特异之处。

我早晨出门，想到外面呼吸点新鲜空气，这也同平常一样，并没有什么特异之处。然而，我的眼睛一亮，蓦地瞥见塘边泥土地上有一行用树枝写成的字：

季老好　98级日语

回头在临窗玉兰花前的泥土地上也有一行字：

来访　98级日语

我一时懵然，莫名其妙。还不到一瞬间，我恍然大悟：98级是今年的新生。今天上午，全校召开迎新大会；下午，东方学系召开迎新大会。在两大盛会之前，这一群（我不知道准确数目）从未谋面的十七八九岁男女大孩子们，先到我家来，带给我无法用言语形容的这一番深情厚谊。但他们恐怕是怕打扰我，便想出了这一个惊人的匪夷所思的办法，用树枝把他们的深情写在了泥土地上。他们估计我会看到的，便悄然离开了我的家门。

我果然看到他们留下的字了。我现在已经望九之年，我走过的桥比这一帮大孩子走过的路还要长，我吃过的盐比他们吃过的面还要多，自谓已经达到了"悲欢离合总无情"的境界。然而，今天，我一看到这两行写在泥土地上的字，我却真正动了感情，眼泪一下子涌出了眼眶，双双落到了泥土地上。

我是一个平凡的人，生平靠自己那一点勤奋，做出了一点微不足道的成绩。对此我并没有多大信心。独独对于青年，我却有自己一套看法。我认为，我们中年人或老年人，不应当一过了青年阶段，就忘记了自己当年穿开裆裤的样子，好像自己一下生就老成持重，对青年总是横挑鼻子竖挑眼。我们应当努力理解青年，同情青年，帮助青年，爱护青年。不能要求他们总是四平八稳，总是温良恭俭让。我相信，中国青年都是爱国的，爱真理的。即使有什么

"逾矩"的地方，也只能耐心加以劝说，惩罚是万不得已而为之的。一个国家，一个民族，如果对自己的青年失掉了信心，那他就失掉了希望，失掉了前途。我常常这样想，也努力这样做。在风和日丽时是这样，在阴霾蔽天时也是这样。这要不要冒一点风险呢？要的。但我人微言轻，人小力薄，除了手中的一支圆珠笔以外，就只有嘴里那三寸不烂之舌，除了这样做以外，也没有别的办法。

大概就由于这些情况，再加上我的一些所谓文章，时常出现在报纸杂志上，有的甚至被选入中学教科书，于是普天下青年男女颇有知道我的姓名的。青年们容易轻信，他们认为报纸杂志上所说的都是真实的，就轻易对我产生了一种好感，一种情意。我现在几乎每天都能收到全国各地，甚至穷乡僻壤、边远地区青年们的来信，大中小学生都有。他们大概认为我无所不能，无所不通，而又颇为值得信赖，向我提出各种各样的问题，有的简直石破天惊，有的向我倾诉衷情。我想，有的事情他们对自己的父母也未必肯讲的，比如想轻生自杀之类，他们却肯对我讲。我读到这些书信，感动不已。我已经到了风烛残年，对人生看得透而又透，只等造化小儿给我的生命画上句号。然而这些素昧平生的男女大孩子的信，却给我重新注入了生命的活力。苏东坡的词说："谁道人生无再少？门前流水尚能西。休将白发唱黄鸡。"我确实有"再少"之感了，这一切我都要感谢这些男女大孩子们。

东方学系98级日语专业的新生，一定就属于我在这里所说的男女大孩子们。他（她）们在五湖四海的什么中学里，读过我写的什么文章，听到过关于我的一些传闻，脑海里留下了我的影子。所

以，一进燕园，赶在开学之前，就迫不及待地把自己那一份情意，
用他们自己发明出来的也许从来还没有被别人使用过的方式，送到
了我的家门来，惊出了我的两行老泪。我连他们的身影都没有看
到，我看到的只是清塘里面的荷叶。此时虽已是初秋，却依然绿叶
擎天，水影映日，满塘一片浓绿。回头看到窗前那一棵玉兰，也是
翠叶满枝，一片浓绿。绿是生命的颜色，绿是青春的颜色，绿是希
望的颜色，绿是活力的颜色。这一群男女大孩子正处在平常人们所
说的绿色年华中，荷叶和玉兰所象征的正是他们。我想，他们一定
已经看到了绿色的荷叶和绿色的玉兰，他们的影子一定已经倒映在
荷塘的清水中。虽然是转瞬即逝，连他们自己也未必注意到。可他
们与这一片浓绿真可以说是相得益彰，溢满了活力，充满了希望，
将来左右这个世界的，决定人类前途的正是这一群年轻的男女大孩
子们。他们真正让我"再少"，他们在这方面的力量决不亚于我在
上面提到的那些全国各地青年的来信，我虔心默祷——虽然我并不
相信——造物主能从我眼前的八十七岁中抹掉七十年，把我变成一
个十七岁的少年，使我同他们一起学习，一起娱乐，共同分享普天
下的凉热。

1998年9月25日

图书在版编目（CIP）数据

人生最好的状态，是自在自为 / 季羡林著. -- 北京：
中国致公出版社，2021（2025.6重印）
　　ISBN 978-7-5145-1740-8

　　Ⅰ.①人… Ⅱ.①季… Ⅲ.①散文集 – 中国 – 当代
Ⅳ.①I267

　　中国版本图书馆 CIP 数据核字（2020）第 272511 号

人生最好的状态，是自在自为 / 季羡林 著

出　　版	中国致公出版社
	（北京市朝阳区八里庄西里 100 号住邦 2000 大厦 1 号楼西区 21 层）
发　　行	中国致公出版社（010-66121708）
责任编辑	刘　羽
策划编辑	赵荣颖　赵九州
封面设计	三形三色 QQ: 2276140967
印　　刷	天津旭丰源印刷有限公司
版　　次	2021 年 6 月第 1 版
印　　次	2025 年 6 月第 5 次印刷
开　　本	880mm × 1230mm　1 / 32
印　　张	9
字　　数	193 千字
书　　号	ISBN 978-7-5145-1740-8
定　　价	49.80 元